LES BOURGEOIS

DE

MOLINCHART

PAR

CHAMPFLEURY

Traduction et reproduction interdites, suivant les traités.

2

PARIS

LOCARD-DAVI ET DE VRESSE

RUE DE L'HIRONDELLE, 16.

1855

LES BOURGEOIS

DE MOLINCHART

Mémoires de M. Prudhomme, par Henri Monnier, 4 vol. in-octavo.

Le Chasseur de Lions, par Jules Gérard (le tueur de lions), 2 vol. in-octavo.

La Robe de Nessus, par Amédée Achard, 3 vol. in-octavo.

Confidences de mademoiselle Mars, recueillies par madame Roger de Beauvoir, 3 vol. in-octavo.

Les Bourgeois de Molinchart, par Champfleury, 3 vol. in-octavo.

La Dame aux Perles, par Alexandre Dumas, fils, 4 vol. in-octavo.

Heures de Prison, par madame Lafarge, 4 vol. in-octavo.

Les Petits-Fils de Lovelace, par Amédée Achard, 3 vol. in-octavo.

Les Chasseurs de Chevelures, par le capitaine Mayne-Reid, traduit par Allyre-Bureau, 5 vol. in-octavo.

Du Soir au Matin, scènes de la vie militaire, par A. Du Casse, aide-de-camp de S. A. I. le prince Jérôme Bonaparte, 1 volume in-octavo.

LES BOURGEOIS

DE

MOLINCHART

PAR

CHAMPFLEURY

Traduction et reproduction interdites, suivant les traités.

2

PARIS

LOCARD-DAVI ET DE VRESSE

RUE DE L'HIRONDELLE, 16.

1855

1

Diverses aventures de l'avoué savant (suite).

Cette idée ingénieuse, suggérée par les girouettes, était sortie du cerveau du tailleur Cadet Bossu, qui, à moitié impotent et ne pouvant jouir au dehors de la société de ses concitoyens, avait imaginé cette

II   5

mécanique pour amener tous les paysans de Vorges devant sa porte.

Le Cosaque, qui a laissé dans tous les esprits une tradition cruelle, avait été choisi par le tailleur comme devant piquer plus directement la curiosité que n'importe quelle figure célèbre.

Alors, tous les matins, et surtout les jours de grand marché, à Molinchart, les jardiniers passaient par là et ne manquaient pas d'interroger le tailleur sur la conduite des Cosaques.

— Eh! Cadet, qu'est-ce qu'ils disent de bon, les Cosaques ?

Le tailleur ouvrait sa fenêtre :

— Ils m'ont laissé dormir tranquille cette nuit. Ce qui voulait dire qu'il n'avait pas venté. Les vieillards du canton insultaient les Cosaques en souvenir des dégâts qu'ils avaient commis en France. Ils les traitaient de *guerdins* (pour gredins), une des plus violentes injures du pays. Comme il y avait un banc de bois en face de la maison du tailleur, c'étaient des souvenirs de guerre de l'Empire et des événements de 1814 qui semblaient de la veille, tant les vieillards en parlaient avec colère.

— Qu'ils reviennent un peu, les Bas-kirs ! disaient les vieillards en montrant leur poing aux innocents Cosaques de bois qui, si le vent était calme, écoutaient sans sourciller ces effrayantes menaces.

A Molinchart même, les Cosaques faisaient loi sur la place du marché, quand une fermière avait reçu une *boussée* (une forte pluie subite), qu'elle aurait pu éviter si elle avait regardé les Cosaques avant de partir.

— Voilà ce que c'est, disait une grosse commère abritée sous un large parapluie de cotonnade rouge ; si vous aviez consulté les Cosaques, ils vous auraient dit de prendre votre parapluie.

Les enfants du village, aussitôt qu'ils

avaient un moment, couraient du côté des Cosaques, non pas pour connaître l'état du temps à venir, mais pour admirer l'ingénieux mécanisme qui les faisait combattre avec un rare acharnement ; mécanisme d'autant plus ingénieux pour de jeunes esprits, qu'il était hors de leur portée, et que jamais main étrangère n'avait pu en étudier les ressorts, cent fois plus étranges, suivant les connaisseurs, que ceux d'une horloge.

Ainsi, grâce à son invention, Cadet Bossu jouissait de la vue et de la conversation des vieillards, des paysans, des filles, des garçons, et plus d'un drame se joua devant ses fenêtres. Souvent une mère surprenait ses enfants en muette contem-

plation devant les Cosaques ; et cette contemplation durait depuis des heures en-
tières.

L'école, le dîner, les Cosaques faisaient
oublier tout. Cadet Bossu, d'ailleurs, avait
su trouver le moyen de raviver perpétuel-
lement l'attention en enlevant momenta-
nément ses Cosaques : diplomate perdu
sur un établi de tailleur, Cadet Bossu avait
assez la connaissance des hommes pour
savoir raviver leur curiosité en faisant
disparaître capricieusement l'objet de leurs
désirs.

— C'est excessivement intéressant, s'é-
cria l'avoué, qui ne quittait pas du regard

les figures de bois grossièrement enlumi-
nées.

— Je vous le disais bien, monsieur, dit
Jacques.

Le vent qui descendait avec force de la
montagne donna en ce moment une forte
impulsion aux Cosaques, qui tournèrent
avec une merveilleuse rapidité.

— Et c'est un tailleur, s'écria M. Creton
du Coche, qui a inventé cette machine?

— Oui, monsieur; ne le voyez-vous
pas, derrière ses carreaux, qui nous regarde?

Effectivement, Cadet Bossu était flatté de voir admirer les Cosaques par un bourgeois en habit noir et en cravate blanche.

— Voilà un homme, dit l'avoué, à signaler à la société météorologique. Combien y a-t-il de ces intelligences perdues, qui, faute d'un peu d'éducation, ont laissé s'éteindre en eux des découvertes importantes... Je lui commanderai un pantalon. Il faut savoir récompenser le génie, n'importe où il se trouve... Si nous allions lui rendre visite?

—C'est facile, dit Jacques, nous n'avons qu'un étage à monter.

Le tailleur, qui était accroupi sur son

établi devant la fenêtre, ne parut ni surpris ni honoré de la visite de l'avoué ; on
eût dit qu'il avait entendu la conversation
et qu'il s'y attendait.

— Voilà monsieur qui est de Molinchart, dit Jacques, et qui est flatté d'avoir
vu manœuvrer les Cosaques.

— C'est qu'on n'en voit point de pareils
tous les jours à la ville, dit Cadet Bossu.

Et il poussa vivement un des battants
de la fenêtre qui était ouvert, comme s'il
eût voulu mettre une barrière entre les
visiteurs et les Cosaques.

— Une belle invention, monsieur, dit

l'avoué, et j'en écrirai certainement à Paris ; seulement, j'aurais voulu étudier le
mécanisme de plus près.

Cadet Bossu regarda fixement l'avoué
et poussa une barre de bois qui servait à
assujettir la fenêtre.

— Ah ! bien, monsieur, c'est le plus
grand mal que vous puissiez me faire que
d'en parler aux Parisiens ; ce sont des
roués, je les connais ; il en est déjà venu
plus d'un pour s'occuper de mes Cosaques ; moi, sans être sorti de notre village,
je les comprends, et il fera chaud avant
que les Parisiens aient seulement la queue
d'un de mes Cosaques.

— Monsieur est de Molinchart, je te dis,
Cadet ; il n'est pas Parisien.

.

— Est-ce bien sûr que monsieur est de
Molinchart ? demanda le tailleur, qui avait
dans le caractère une certaine défiance
misanthropique.

— Oui, mon ami, dit l'avoué ; je veux
seulement vous commander un pantalon.

— Ah ! ah ! dit le tailleur, vous voulez
m'éprouver, je le vois bien ; monsieur sait
bien que je ne pourrai pas approcher de
la coupe des tailleurs de Molinchart.

— Je ne demande pas un pantalon ha-

billé, dit l'avoué ; au contraire, je veux un
pantalon pour courir les champs.

— Ah ! monsieur va rester quelque temps
chez nous ?

— Oui, dit Jacques, monsieur s'occupe
d'astronomie.

— C'est comme qui dirait magicien,
astrologue, n'est-ce pas ? demanda le tailleur.

— Pas précisément, dit l'avoué, blessé
de se voir confondu avec un berger.

— Qu'est-ce que c'est donc ? dit Cadet

Bossu, qui voulait connaître le fond des choses.

— Monsieur, dit Jacques, est comme tes Cosaques, quoi, il est pour le vent.

— C'est bon, dit le tailleur, c'est bon à savoir; et vous croyez que je coupe dans votre pantalon? Toi, je te connais, Jacques, tu es du pays; tu viendrais me dire : Voilà un gilet à retourner, je te retourne ton gilet, tu me paies la façon, et tout est dit; mais monsieur, qui arrive ici en étranger, et qui tombe me commander un pantalon d'homme de campagne, je ne le crois pas; je vous fais excuse, monsieur, je dis tout. Vous avez peut-être cru que j'étais simple et qu'on me ferait accroire qu'il y a des étoiles en plein midi? Non, monsieur. Quoique vous soyez de Molinchart, je ne vous ferai pas de pantalon; celui-là que vous avez peut encore marcher longtemps; vous n'avez pas besoin de culottes, c'est Cadet qui vous le dit.

— Il est extraordinaire, dit l'avoué; mais les savants sont tous ainsi.

— Comme tu te montes la tête, dit Jacques, à propos de rien. Est-ce que ce n'est pas naturel?

— Non, dit le tailleur, qui s'était acculé contre sa fenêtre.

— Monsieur est de Molinchart, qu'on te dit.

— M. Creton du Coche, avoué près le tribunal de Molinchart! s'écrie le bour—geois avec importance.

— Bon, dit le tailleur; tout à l'heure il était astrologue, et puis il est juge en même temps. Tu penses bien, Jacques, que messieurs les juges de Molinchart ne vien—draient pas sans motifs commander une culotte à un pauvre tailleur de Vorges... Voilà la première fois que je vois un juge. Mon père, qui était tailleur aussi, ne m'a jamais dit qu'il avait habillé des juges de Molinchart. Il y a un complot là-dessous;

Jacques, je te croyais meilleur que ça. On
t'a payé pour me trahir, ou tu ne vois pas
clair.

— Ne faites pas attention, disait **Jacques**
à l'avoué; il a quelquefois ses humeurs
noires.

Mais le tailleur, que son isolement forcé
rendait hypocondriaque de plus en plus,
maladie qu'ignorait Jacques, qui n'avait
que peu de rapports avec lui, éclata tout
à coup.

— En voilà assez, Jacques, j'ai d'autres
habits à faire que la culotte d'un juge, et
je n'ai pas le temps de vous répondre.

— Je voudrais vous faire revenir, mon—
sieur, sur mon compte, dit l'avoué.

— Ah! s'écria d'un ton de colère le tailleur, emmène monsieur, Jacques, que je
te dis.

— Allons-nous-en, dit Jacques; mais tu
es devenu diablement mal élevé depuis
que je ne t'ai vu.

— Ça me regarde, dit Cadet.

— Je ne te dis pas au revoir, dit Jacques.

— Le plus tard que nous nous rever-
rons sera le meilleur, dit le tailleur.

L'avoué sortit fort confus de sa visite à l'inventeur; à peine étaient-ils sur le pas de la porte, qu'ils entendirent un certain bruit qui leur fit relever la tête. Le tailleur enlevait précipitamment ses Cosaques et fermait sa fenêtre avec fracas.

— J'aurais bien voulu les revoir, dit l'avoué.

— Demain, dit Jacques, son accès sera passé, et il aura honte de sa conduite. C'est un drôle d'homme; il se tient en garde contre les nouvelles figures, mais quand il vous aura vu passer une dizaine de fois sous ses fenêtres, il sera avec vous comme avec les gens de Vorges.

— J'achèterais bien cette machine-là,
disait l'avoué.

— Peut-être bien que, par la suite, Cadet Bossu ne serait pas éloigné de vous en
construire une pareille.

II

La distribution des prix.

La comtesse de Vorges, qui était allée chez l'avoué, fut surprise de rencontrer une jeune femme distinguée et qui offrait tant de dissemblance avec M. Creton du Coche.

La vie des petites provinces tient à l'action des casernes, des prisons, des hôpi-
taux ; elle imprime son cachet mesquin à
tout individu, dans ses actions, dans ses
démarches, dans ses habitudes, dans ses
vêtements.

Les habitants de la province ne sont
pas coupables de cette tache d'huile qui
les gagne petit à petit, et qui les envahit
tout d'un coup au moral comme au phy-
sique. Une Parisienne ne résisterait point
à cette vie prolongée cinq ans ; son goût
si fin s'envolerait en même temps que ses
caprices, la comparaison lui ferait défaut ;
elle arriverait à être une femme citée dans
la ville, mais il lui serait impossible de

reparaître dans Paris et d'y être remarquée.

La femme de l'avoué avait peut-être
échappé à l'ornière provinciale, en vivant
retirée, en ne s'inquiétant pas des autres
dames de l'endroit et en renonçant à toute
toilette.

La simplicité l'avait sauvée : et elle eût
été perdue en voulant *suivre les modes*.

D'un coup d'œil, la comtesse de Vorges,
qui avait été une des beautés du faubourg
Saint-Germain, fut frappée de cette dis-
tinction qu'elle avait perdue de vue depuis
vingt ans qu'elle vivait retirée dans son
château.

Il y eut immédiatement un commencement de sympathie entre les deux femmes.

Quoique timide, Louise ne se sentit pas
embarrassée devant la comtesse; il est
vrai que celle-ci avait dans ses manières,
dans sa conversation une exquise délicatesse qui charmait ceux qui l'écoutaient.

D'une grande taille, forte, et la figure
étroite, la comtesse de Vorges pouvait à
de certains moments relever la tête, regarder fixement, et imposer par une dignité
naturelle qui n'était pas sans dédains;
mais elle ne se servait de ces airs que vis-

à-vis des êtres mal élevés et curieux ;
même avec ses gens elle se montrait affec-
tueuse à l'excès.

Louise, dans la ville, était intimidée par
l'inquisition des regards des bourgeoises
qui la déshabillaient pour ainsi dire en
public, inquiètes de connaître comment
une jeune femme sans toilette, sans
coquetterie, pouvait offrir ce charme.

Mais le charme ne s'apprend ni ne s'a-
nalyse ; il est quelquefois dans un coup
d'œil de côté , quelquefois dans un geste
de la main, quelquefois dans la démarche,
le plus souvent dans l'ensemble d'une figure sans traits remarquables ; chacun le

sent, l'éprouve et se courbe sous son influence.

Louise ne fit aucune difficulté de suivre
la comtesse au pensionnat : elle se sentait
en sûreté avec madame de Vorges, et elle
ne craignait plus autant la folle passion de
son fils.

Quand toutes deux traversèrent la ville
en voiture, plus d'une langue remua par
jalousie.

La femme d'un avoué dans la voiture
d'une comtesse ! Sur ce simple thème, la
jalousie jouerait des variations pendant
un an.

— Pourquoi madame Creton du Coche est-elle avec madame de Vorges?

— Comment cela se fait-il?

Les provinciaux feraient d'excellents commentateurs s'ils appliquaient à des travaux sérieux la millième partie de ce qu'ils dépensent d'intuition pour la connaissance des pas et démarches de leurs concitoyens.

La curiosité était d'autant plus vivement excitée qu'il s'y mêlait de la jalousie; la comtesse de Vorges venait rarement à Molinchart et elle ne fréquentait pas les personnes de petite noblesse qui y vivent isolées; aussi, jusqu'alors, cette espèce de fierté aristocratique lui avait-elle valu une sorte d'admiration qui tomba quand le bruit courut qu'elle avait été vue en voiture avec une bourgeoise.

Certaines personnes, qui eussent été heureuses de lui baiser la main, furent les premières à la dénigrer; sa promenade avec la femme de l'avoué fut comme une mésalliance; on en dit autant de mal que si la comtesse s'était remariée à un perruquier.

Les deux dames arrivèrent à une heure à la pension de madame Legoix, qui fut une institutrice célèbre à six lieues à la ronde.

Partout, dans la ville, on ne rencontrait que jeunes filles en blanc, avec un ruban bleu, un ruban rose ou un ruban violet à la ceinture, dont la couleur indiquait qu'elles appartenaient à la classe des grandes, des moyennes ou des petites. Les mères accompagnaient les petites à la solennité de la distribution des prix, et c'étaient des étalages de robes prétentieuses, de bonnets à fleurs criardes, de tours de cheveux extravagants qui faisaient honneur aux coiffeurs de l'endroit.

La bourgeoisie femelle se rengorgeait, portait la tête haute, avait la figure gonflée d'orgueil et l'œil brillant d'enthousiasme.

Dans trois ou quatre circonstances de l'année, la bourgeoisie décroche ces airs importants qui semblent accrochés dans un porte-manteau avec les grandes toilettes.

La façade de la pension de madame Legoix était tendue de draps blancs ornés de guirlandes de lierre, comme pour la Fête-Dieu.

Des pots de fleurs, qui partaient de la porte et se continuaient jusqu'au ruisseau, annonçaient l'entrée de la maison sablée d'un sable fin et jaune, mélangé de fleurs des champs.

Dans le vestibule étaient rangés divers

hommes d'un âge mûr, portant au bras
une petite écharpe d'un bleu céleste avec
franges d'argent : c'étaient MM. Delamour,
Janotet et un jeune surnuméraire des
contributions indirectes qui, par sa bonne
conduite, partageait avec des hommes d'un
autre âge l'honneur des fonctions de commissaire.

Le petit Janotet, en costume de garde
national, suivait chacun des mouvements
de son père et s'accrochait aux robes des
dames que le juge suppléant était chargé
de conduire à leurs places.

La comtesse de Vorges entra avec la
femme de l'avoué et ne voulut pas accep-

ter le bras d'un commissaire; elle se rendit immédiatement dans une des premières
salles d'où sortaient des murmures parti-
culiers, des cris d'enthousiasme, qu'arra-
chait la vue de dessins à l'estompe, de
broderies rehaussées par du papier vert-
tendre et de modèles d'écriture.

On entendait dans tous les coins volti-
ger les mots : *parfait*, *délicieux*, *admirable*
et nombre d'autres épithètes. Jamais, cependant, on ne vit pareille massacre des
grands hommes grecs et romains : les uns
avaient la bouche de travers, les autres
étaient louches, et le fameux nez grecs
voyait sa pureté de lignes outragée par
des courbes indignes.

Chacun trouvait les Romulus *ressem-blants*, *prêts à parler*, et il eût été imprudent de glisser un mot de critique au milieu de ces mères enthousiastes.

La broderie était principalement représentée par des bretelles, des blagues à tabac, des pantoufles, des bonnets grecs en tapisserie, destinés à prouver aux pères que leurs filles avaient reçu une brillante éducation; mais ce qui frappait le plus, après les exemples d'anglaise, de ronde et de bâtarde, était certaines peintures de fleurs obtenues par le *genre oriental*.

Le fondu des feuilles de roses, les nervures des feuilles étaient atteints par des procédés mécaniques qui mettaient l'esprit des bourgeois aux abois.

Des plateaux en tôle noire vernissée étaient chargés de fleurs en relief, d'une couleur vive, que donnait le *genre chinois*, et les heureuses mères ouvraient leurs plus grands yeux pour tâcher de reconnaître dans ces chefs-d'œuvre le coup de pinceau filial.

Aussi ce musée était-il plein d'un bourdonnement enthousiaste que seule put rompre l'annonce de la distribution des prix

Alors toutes les dames de la ville se

pressèrent les unes contre les autres, ou-
bliant la grandeur fragile de leurs toilettes,
afin d'assister plus vite au triomphe de
leurs filles.

La grande salle d'étude avait été déco-
rée par un tapissier ingénieux, afin de cacher la nudité des murs : de grands rideaux de calicot rouge flottaient aux
fenêtres ; on avait encadré soigneusement
les estampes les plus fortes en dessin,
celles qui abordaient le *sujet*, tels que *Ma-
zeppa*, des morceaux d'après Girodet et
Guérin.

Au fond était une vaste estrade où sié-
geait un jury composé du conseiller muni-

cipal faisant fonctions de maire, M. Pector,
de mademoiselle Ursule Creton, désignée
à cet honneur en sa qualité de porteuse
de bannière à la confrérie de la Vierge,
de M. Bonneau, secrétaire de la société
académique rémoise, et de diverses autres
personnes recommandables par leurs
sciences et leurs vertus.

Devant ces personnages étaient entas-
sées des montagnes de couronnes et de
livres qui luttaient par le vernis de leur
clinquant.

Aux pieds de l'estrade, de chaque côté,
étaient placés deux pianos, devant l'un
desquels était assis déjà un vieux profes-

seur, entièrement chauve, un peu sourd,
il est vrai, mais qui, par son âge, offrait
des garanties de moralité certaines dans
une institution de demoiselles.

En voyant arriver la comtesse de Vorges, la maîtresse de pension fendit la foule
pour se rapprocher d'elle et lui offrir une
place sur l'estrade; mais la comtesse, qui
n'avait rien de pédant dans l'esprit, et qui
détestait se donner en spectacle, refusa et
se contenta, ainsi que la femme de l'avoué,
de se confondre dans les rangs des mères
de famille.

Les pensionnaires occupaient dix grands
bancs de bois et se retournaient soit par

curiosité, soit pour voir plus vite leurs
parents.

Quelques-unes, plus impatientes, se
levaient, faisaient des signes dans la salle
et appelaient avec un petit sifflement de
lèvres, malgré les recommandations des
sous-maîtresses qui perdaient la tête dans
cette solennité, ne sachant où placer tout
le monde, craignant de faire des jaloux,
et, par-dessus tout, désireuses d'appeler
l'attention sur leur toilettes. Cinquante
conversations se croisaient dans la salle,
auxquelles madame Legoix était obligée
de répondre.

La maîtresse de pension était suivie

d'une petite femme au nez pointu, qui à tout moment lui parlait bas à l'oreille.

— Est-ce parce que nous sommes de la campagne? disait une fermière, qu'on ne nous place pas mieux que ça... Eh bien! nous verrons si l'année prochaine je remets mes demoiselles ici!

— Mon Dieu! madame Legoix, j'entends des personnes se plaindre... Est-ce qu'au moins leurs filles sont bien traitées pour les prix ?

— Quelles personnes? demanda madame Legoix.

Et elle se faisait indiquer les fermiè-
res.

— La seconde n'a rien, dit-elle.

— Il faut absolument, dit la petite
femme au nez pointu, lui donner un
prix.

— Alors arrangez cela, dit madame Legoix.

Mademoiselle Ursule Creton, de son
fauteuil qui dominait l'assemblée, avait
vu entrer la comtesse de Vorges.

— N'est-ce pas madame Creton, deman-

da-t-elle à son voisin M. Pector, qui
accompagne cette dame?

— Oui, mademoiselle, c'est madame la
comtesse de Vorges.

La vieille fille fit la grimace, nettoya de
grandes conserves doublées de chaque
côté d'un petit rideau de taffetas vert et se
recueillit en se demandant quels rapports
pouvait avoir sa belle-sœur avec une
dame de la noblesse des environs.

M. Janotet montait les différentes pièces
de sa petite flûte, car il devait jouer une
ouverture avec le vieux pianiste de la
pension, et il essayait de donner une oc-

cupation à son fils Toto, qui, effrayé de ce grand tumulte, avait envie de pleurer.

— Sauras-tu retourner les pages de la musique? lui demanda-t-il. Surtout fais bien attention, je te ferai signe quand il sera temps.

Les bourgeoises s'impatientaient et demandaient après qui on attendait. En effet, la salle était remplie depuis près d'une demi-heure; il faisait une chaleur accablante; les bancs étaient chargés outre mesure.

Quelques maris avaient été obligés de

prendre leurs femmes sur leurs genoux ;
les marches de l'estrade étaient garnies de
pensionnaires qui avaient dû céder leurs
places aux invités.

A chaque instant les domestiques appor-
taient des chaises qu'on avait été em-
prunter aux voisins et qui encombraient
l'estrade, au grand dépit des membres du
jury, qui perdaient ainsi de leur isolement majestueux.

Quelques jeunes gens de la ville, frères
des élèves, étaient montés dans les em-
brasures des fenêtres ; d'autres sans rete-
nue, s'étaient assis sur le piano et n'en
bougeaient pas, malgré les cris du vieux
musicien.

Le petit Janotet avait fini par se loger
sous le piano et tenait la jambe de son
père.

La maîtresse de pension commençait à
perdre la tête, car la foule entrait toujours,
et par certains craquements de la porte de
la grande salle, on pouvait juger que l'an-
tichambre était pleine de spectateurs mé-
contents de ne pouvoir jouir du spectacle.

Tout à coup les sous-maîtresses claquè-
rent un livre de bois qui servait à rappeler les élèves au silence, et ce fut le signal
du commencement : chacun se tassa une
dernière fois, et à part les quelques mur-

mures de certains êtres mal élevés qui ne se trouvent jamais bien dans les foules, le silence se fit petit à petit. Madame Legoix ayant fait signe à M. Janotet, celui-ci chercha son fils.

— Comment, lui dit-il, tu es sous le piano? Est-ce ainsi que tu retourneras ma partie?

Mais Toto était convenablement assis, et l'on ne l'eût pas fait sortir de son trou pour un empire.

— Madame Legoix, s'écria M. Janotet, jamais je ne pourrai jouer ainsi...

— Ah! monsieur Janotet, un peu de complaisance.

— Mais, madame, le morceau est coupé juste par la moitié sur un *sol* dièze qui saute au *mi* naturel sur un coulé.

— Voyez notre embarras, mon bon monsieur Janotet.

— Bast, dit le pianiste, vous devez savoir par cœur l'air du *Point du Jour*; vous l'avez joué dix fois.

— Allons, mon bon monsieur Janotet, dit madame Legoix.

Ayant pris son courage et sa petite flûte à deux mains, le musicien souffla trois fois de toutes ses forces dans le petit instru-

ment de bois, qui referme en lui, malgré
son peu de volume, les cris les plus per-
çauts de la nature.

Le silence se fit à cet appel redoutable,
et M. Janolet essaya de faire passer dans
son tube de bois noir tout ce qu'il avait de
douceur pour chanter le *Point du Jour*; malheureusement, comme il l'avait prévu, il
fut obliger de s'arrêter à l'endroit le plus
pathétique pour retourner la romance.

Le vieux maître de piano, qui avait l'o-
reille dure, croyant que M. Janolet était
seulement en retard d'une mesure, continua son accompagnement sans s'inquiéter
du chant; il en résulta entre le piano et la

petite flûte des discordances qui , ailleurs
qu'à une distribution de prix , eussent pu
mettre les plus courageux en fuite ; des
applaudissements nombreux n'en vinrent
pas moins témoigner à M. Janotet combien
les assistants étaient heureux de l'ouverture.

Le conseiller municipal Pector, qui pré-
sidait l'assemblée, et qui fit entendre pendant tout ce morceau divers accompagne-
ments de bouche imitant le basson, ne fut
pas un des moins enthousiastes.

Aussitôt après le *Point du Jour*, madame
Legoix se leva et fit un petit discours d'a-
dieu à ses élèves. Brisée par les fatigues

de l'enseignement, et désirant jouir d'un peu de repos sur la fin de sa carrière, elle présentait pour lui succéder, madame Chappe, fille de M. Chappe, ancien chef d'institution à Paris, et frère de Chappe fils, qui avait suivi la carrière de son père. « Adieu, chères élèves, dit-elle en portant son mouchoir à ses yeux, loin de vous je conserverai votre souvenir, et j'espère que mes leçons ne seront pas perdues. »

Madame Chappe, qui excitait une vive curiosité, apparut alors par une petite porte de derrière : elle était vêtue d'une robe de soie noire; ses cheveux en bandeaux aplatis sur ses joues faisaient ressortir un nez excessivement pointu.

Elle se posa hardiment sur l'estrade et
parla en improvisatrice pédante.

« Jusqu'ici, dit-elle, l'enseignement des
demoiselles a été trop restreint. Ayant
étudié à fond les diverses méthodes de la
capitale, je m'appliquerai à introduire
dans ce pensionnat les éléments nouveaux
que d'illustres professeurs ont jugé à propos d'enseigner aux femmes. Les sciences
et les arts doivent tenir une grande place
dans mon programme, que je ferai connaître sous peu.

» La vie de famille aussi bien que la
vie du grand monde ne peut se passer de
ces éléments divers de sciences dont la

civilisation a donné soif à chacun. Mes
plans sont combinés de telle sorte que la
jeune fille qui sortira de mon pensionnat,
fût-elle ménagère, fermière ou fille de
duchesse, trouvera désormais dans l'éducation qu'elle aura reçue, des occupations
sérieuses qui, aux jours de malheurs ou
de chagrins, empêcheront son esprit de
s'arrêter à de trop tristes pensées. Du reste,
mesdames, je dois remercier madame Legoix des excellentes préparations qu'elle
a semées dans ces jeunes esprits; il ne
s'agit plus maintenant que d'en hâter la
maturité; fille et sœur de parents voués à
l'instruction dans la capitale, je me tien-
drai plus que personne au courant des
développements de la science, et j'espère
que votre sympathie ne me manquera pas

plus qu'elle n'a manqué à mon prédéces-
seur. »

Peut-être madame Chappe eût-elle continué son discours si un craquement violent ne s'était fait entendre du côté de la
porte d'entrée; il se fit un mouvement
dans la foule des bourgeoises, qui pous-
saient des cris perçants en voyant remuer
les deux battants de la porte.

Toute la salle s'était levée et on n'entendait que des plaintes et des signes de terreur.

— Messieurs, s'écria madame Legoix
en s'adressant aux jeunes gens qui étaient

grimpés sur les embràsures des fenètres,
ouvrez vite la porte du jardin pour empè-
cher un malheur.

Quelques-uns sautèrent; on entendit
casser des carreaux et le bruit d'une porte
forcée. Aussitôt une avalanche de curieux
fit irruption dans la cour qui donnait dans
la grande rue; comme les grands rideaux
de calicot rouge gênaient la vue, les nouveaux arrivés les tirèrent en dehors et les
arrachèrent audacieusement, sans s'inquiéter si un soleil ardent, pénétrant par
les fenêtres, n'allait pas convertir la salle
de prix en une étuve.

Il est certain que la curiosité était moti-

vée en ce que cette solennité dépassa
toutes celles connues jusqu'alors.

Madame Chappe, qui avait acheté le
pensionnat avant la fin de l'année, jugea
bon de débuter par un coup d'éclat.

Ce fut elle qui inventa de faire jouer
sur deux pianos à la fois un grand morceau à quatre mains; elle tripla le nombre
de prix et de couronnes pour cette année,
et elle introduisit une narration en anglais, récitée par dix élèves à la fois.

A la fin de la séance, dix jeunes personnes s'avancèrent sur l'estrade, et dirent
en chœur un chapitre en anglais du *Vicaire
de Wackefield*.

Elisa de Vorges, qui était une jeune
fille de dix ans, revint chargée de couronnes et de prix ; mais elle commit à la
distribution une de ces fautes qui ont
plus tard de graves conséquences.

Suivant l'usage, à chaque nomination,
les jeunes filles se font couronner et embrasser par leurs parents.

Elisa avait porté triomphalement ses
couronnes à sa mère ainsi qu'à madame
Creton qui l'accompagnait ; ayant encore
de nouveaux prix, et regardant du haut de
l'estrade si elle ne connaissait pas dans la
foule une personne amie qui put partager
sa joie, madame Legoix confia la cou-

ronne à mademoiselle Ursule Creton pour
lui faire honneur; mais l'enfant eut peur
de la vieille fille, de sa figure jaune, de ses
lunettes vertes ; elle descendit de l'estrade
sans avoir reçu l'accolade obligée.

Les enfants ont souvent de ces secrets
sentiments qui les mettent en garde contre la méchanceté.

Elle frissonna de coller ses lèvres roses
à la peau morte et ridée de la vieille célibataire, et celle-ci lui lança un coup d'œil
que personne ne remarqua dans la salle.

Madame Chappe était allée vers M. Bonneau, membre de la Société académique
rémoise ;

— On compte beaucoup sur vous, lui
dit-elle, pour nous lire un morceau, vous,
monsieur, qui avez la réputation du plus
savant homme du département !

— Madame, vous êtes trop obligeante ,
vraiment ; mais. . .

— Je vous en serai particulièrement
reconnaissante, je vais l'annoncer à l'assemblée.

— Pas encore, je vous prie, dit M. Bonneau ; l'émotion... la chaleur...

— Pendant que vous prononcerez votre discours, dit madame Chappe, nos

demoiselles auront le temps de s'habiller
pour une petite comédie préparée.

— Je n'y avais pas songé, véritable-
ment...

Et l'archéologue déroula un énorme ca-
hier.

Madame Chappe envoya ses sous-maîtresses chercher un verre d'eau sucrée
pour M. Bonneau; en même temps, elle
annonça que, sollicité vivement par l'assemblée, l'archéologue daignait lire un
court fragment historique.

Sous le titre du *Molincharterium* des anciens, M. Bonneau tint l'assemblée pen-

dant deux heures d'inquiétudes et de colère mal dissimulées.

Il s'agissait de reconnaître si le *Molincharterium* cité par des commentateurs du
moyen-âge était le Molinchart actuel.

La langue française entrait pour une
minime proportion dans ce terrible discours, où les textes nombreux d'un latin
du moyen-âge tenaient la plus grande
place.

Une chaleur étouffante régnait dans la
salle, et des battements de pieds annonçaient clairement que le discours de
M. Bonneau n'obtenait aucun succès.

Il se trouva quelques êtres assez mal élevés pour crier : *Assez !*

— Ne pourriez-vous glisser ? souffla madame Chappe à l'oreille de M. Bonneau, qui la regarda d'un œil inquiet, et continua bravement, sans remarquer la mauvaise influence antipathique des auditeurs.

— Dans cinq minutes, dit madame Chappe à M. Bonneau, il est absolument nécessaire que la comédie commence.

On voyait apparaître derrière l'estrade certaines figures bizarres de jeunes filles grimées et habillées d'étranges costumes.

M. Bonneau continuait toujours avec son impassibilité ordinaire la lecture de ses commentaires sur *Molincharterium*.

Des conversations particulières s'étaient établies parmi les assistants, qui ne savaient comment vaincre la parole tenace de l'archéologue.

Sur un signe de madame Chappe, un chœur de jeunes filles se fit entendre et couvrit entièrement la voix de M. Bonneau, qui resta debout, sans doute à continuer la lecture de son mémoire, car ses lèvres remuaient et il ne paraissait nullement s'occuper du chœur qui étouffait sa voix.

Le chœur fini, on entendit avec surprise la voix de M. Bonneau succéder à
celle des jeunes filles, et le mot de *Molincharterium*, quoique accueilli par des
éclats de rire dérisoires, n'en continua pas
moins à revenir à chaque phrase.

Ne sachant comment délivrer l'assemblée d'un orateur si dangereux, madame
Chappe, en traversant la tribune, renversa
comme par hasard les feuillets nombreux
qui restaient à lire du manuscrit ; ce seul
fait parvint à mettre un terme aux flux de
paroles de M. Bonneau, qui, hors de lui
de voir son précieux manuscrit voler de
côté et d'autre, courut après les feuilles,
et disparut de la tribune.

La distribution des prix se termina par
une comédie jouée par les grandes élèves
de la classe : la jeune personne qui jouait
le rôle de *miss Rhétorique* fut particulièrement remarquée, ainsi que celle qui représentait le personnage de *miss Syntaxe*. Cette
pièce semée de plaisanteries grammati-
cales, donna une idée de l'esprit de madame Chappe, car le bruit se répandit
qu'elle en était l'auteur.

Les dames de la ville ne regrettèrent
pas la presse qu'elles subissaient depuis le
commencement de la séance, en riant aux
larmes de la colère de *M. Subjonctif*, qui se
plaignait vivement de rester trop souvent
inoccupé.

Une petite fille de six ans, à qui on avait collé des favoris sur la joue, et qui était perdue dans une longue houppelande marron , disait avec sa voix juvénile les plaintes graves de *M. Subjonctif*.

Si une minorité intelligente s'accordait à louer les beautés de cet ouvrage dialogué, la majorité n'en saisissait pas facilement les allusions délicates. Il y avait une scène dans laquelle *Prétérit-Passé* et *Prétérit-Indéfini* se disputaient vivement avec *M. Que-Retranché;* puis tout finissait par des chansons en chœur sur les différents temps des verbes, arrangés en musique sur des airs de cantique qui faisaient balancer la tête de mademoiselle **Ursule**

Creton, que ces mélodies reportaient à la confrérie de la Vierge.

La classe des petites ayant été aussi bien partagée que celle des grandes, la distribution fut terminée, et chacun se retira, une bonne moitié fatiguée du tumulte qu'entraîne toujours une grande assemblée, l'autre moitié heureuse d'avoir puisé dans cette solennité des motifs de conversation propres à remplir quelques soirées.

Louise pria la comtesse de Vorges d'attendre un peu que le flot de la foule fût passé; elle venait d'apercevoir sa belle-sœur descendre l'estrade, et elle voulait lui présenter ses compliments; mais mademoiselle Ursule Creton, quoiqu'elle recon-

nût la femme de l'avoué, eut l'air de s'a-
vancer vers elle et lui tourna brusquement
le dos.

Louise ne pouvait avoir une vive sympathie pour la vieille fille, qui lui était
hostile, et dont chaque parole contenait
une méchanceté; cependant ce dédain la
froissa à tel point que la comtesse s'en
aperçut; mais elle attribua l'air contrarié
de la jeune femme à la fatigue de cette
longue séance.

— Ce n'est rien, madame, ne faites pas
attention, dit la femme de l'avoué; et elle
essaya de donner le change à ses idées en
embrassant la petite Elisa, qui lui fit oublier par ses gentillesses la méchanceté
de la vieille fille.

III

Peines d'amour.

Pendant que ces scènes se passaient à
Molinchart, Julien était dans des angois-
ses inexprimables. Viendra-t-elle? se disait-il. Et il amassait toutes les raisons en
faveur de l'arrivée de la femme de l'a-

voué ; puis les raisons contraires se ran-
geaient en face comme une armée ennemie, et le jeune comte ne tirait de ces
raisonnements que le doute.

De sa chambre, située au second étage
du château, il apercevait au loin la montagne de Molinchart, et il pouvait suivre,
pendant une demi-lieue, la route blanche qui tout à coup fait un coude, se cache dans les arbres, reparaît encore jusqu'à un petit pont et disparaît derrière des
cabanes des paysans.

La solitude n'amène pas la tranquillité ;
le comte était dans une indécision cruelle,
se demandant s'il devait aller au-devant
de sa mère ou rester à l'attendre.

Au cas où Louise viendrait, la comtesse
ne remarquerait-elle pas le trouble qui
s'emparerait de son fils, seul sur la route,
tandis qu'au château, quand tout le monde
serait réuni, l'attention serait moins portée sur lui?

Ce jour-là il faisait un petit vent frais
qui se jouait dans les feuilles des arbres et
les agitait, comme la poitrine d'une jeune
fille émue.

Au loin, on voyait les blés baisser leur
tête dorée et la relever doucement; certains arbres à feuilles jaunes et douces
subissaient le passage du vent en ployant
leurs fines branches dans mille contours

capricieux, tandis que d'autres, à la feuille
sèche et vernie, miroitaient aux rayons
du soleil et faisaient entendre un petit
bruit métallique tant que durait la brise.
Quelques sapins, au contraire, fiers, chagrins et anguleux, restaient immobiles
dans leur tristesse.

Julien ne pouvait quitter sa vue de ces
arbres qui étaient sous sa fenêtre, et le
bruit monotone du vent qui soufflait dans
les feuilles endormait un peu ses inquiétudes.

Dans la cour, un petit chat rompait la
tranquillité en sautant tout à coup d'un
arbre, avec la vivacité d'un tigre, pour se

jeter à la poursuite de petits poussins qui,
à quelques pas d'une poule et d'un coq, pi-
cotaient l'herbe des pavés.

Un gros chien attaché à sa chaîne, accroupi sur le ventre, près de sa niche, regardait cette scène avec mélancolie. Les
petits poulets accouraient en poussant un
léger cri sous l'aile de leur mère, et le
chat s'en retournait sournoisement se ta-
pir sous un massif de rosiers, étudier d'un
œil brillant, tout en frétillant la queue,
les moindres mouvements des plus jeunes
membres de cette famille dont il rêvait la
destruction.

Quand l'esprit est irrité, ces tableaux

reposent. Julien oublia un moment l'arrivée de sa mère en regardant les mille folà-
treries du petit chat, dont le corps frémis-
sait d'inquiétude et qui, par la couleur de
sa robe luisante noire et grise rayée, ressemblait à un serpent annelé qui semble
s'avancer vers sa proie par une succession
de cercles vivants.

Julien fut tiré de ses observations par
un faible bruit lointain qui le fit tressail-
lir. C'était le roulement lointain d'une
voiture sur la route récemment empier-
rée.

A cette heure, la comtesse seule pouvait
arriver au château. Aussitôt le jeune comte

redevint inquiet et se promena dans sa chambre, ne pouvant encore distinguer la voiture.

*

La voiture se rapprochait de plus en plus ; enfin, Julien put distinguer un point noir qui grossissait à vue d'œil, et il ferma les persiennes de sa fenêtre afin de pouvoir regarder Louise sans en être vu et de se composer une physionomie pour paraître devant sa mère.

La voiture approchait, mais il était impossible de découvrir les personnes qui étaient dedans, car la comtesse avait pris une voiture couverte, à cause du temps incertain ; et les émotions graduées que le comte se promettait s'évanouissaient.

Il avait pensé reconnaître d'abord de
loin les habits de Louise, puis l'ovale de
sa figure ; puis chaque tour de roue lui
ferait distinguer la bouche, les yeux, le
nez, et il se trouvait en présence d'une
vilaine machine carrée et vernie qui ne
laissait rien connaître de ce qu'elle ren-
fermait.

Mais une petite main qui sortit tout
d'un coup de la lourde boîte pour s'appuyer sur la portière fit battre le cœur du
comte.

Ce n'était pas la main calme et aristo-
cratiquement grasse de la comtesse ; ce
n'était pas la main à peine formée d'Élisa ;

la main qui se laissait voir sur les galons
jaunes de la portière était légèrement dorée, et un petit bracelet d'ambre, qui entourait le poignet excessivement délié, en
faisait ressortir la couleur.

Julien se retira brusquement de la fenêtre, descendit l'escalier en fou et arriva
justement dans la cour en même temps
que la voiture.

— Ah ! madame ! s'écria-t-il d'une voix
qui contenait beaucoup de paroles et que
la comtesse ne pouvait regarder que
comme une marque de politesse. Comme
il aidait à descendre de la voiture d'abord
sa mère, puis Louise, il eut le droit de

serrer un peu plus fort que l'amitié
ne le permettrait la jolie main au col-
lier d'ambre; mais la petite main ne répondit pas aussi vivement à ces protesta-
tions; elle fit la rétive, s'allongea et essaya de gagner en longueur pour échapper à une étreinte trop significative. Quoique ce petit combat muet restât inconnu
aux yeux de la comtesse, Julien fut
obligé, bien à regret, de lâcher cette main
que les convenances ne lui permettaient
pas de garder plus longtemps emprison-
née.

— Et mon mari, où est-il? demanda
Louise.

Cette question, prononcée avec une lé-

gèreté moqueuse, rendit le jeune comte
soucieux. Louise avait dans l'esprit quelque chose de malicieux; la question
qu'elle adressait à Julien n'était qu'un
simple rappel à l'ordre, une petite vengeance de femme qui trouve qu'on a serré
trop vivement sa main.

Le comte ne comprit pas cette malice
féminine et fut cruellement blessé d'entendre la femme qu'il aimait s'inquiéter
si vivement de la présence de son mari. Il
répondit que M. Creton du Coche explo-
rait les environs, et qu'à cette heure sans
doute il était occupé à ses recherches scientifiques.

Il fallut à Julien beaucoup de courage

pour ne pas se moquer de l'avoué et pour
ne pas faire sentir à sa femme l'opinion
qu'il avait de ses expériences ; mais il se
contint, attendant de la suite des événements la conduite à tenir.

Le mari revint à l'heure du dîner.

— Ah ! te voilà, dit-il à sa femme.

Il n'en dit pas davantage et se mit aussitôt à raconter à la comtesse son expédi-
tion de la journée.

Quoique Louise n'aimât pas son mari,
elle fut blessée de la réception sans façon
de M. Creton ; elle y était habituée chez

elle et ne s'en plaignait pas, mais la présence de la comtesse et de son fils lui fit
remarquer plus vivement une pareille in-
différence. Être traitée si légèrement devant un homme qui vous aime, constitue
un crime pour la femme qui ne veut jamais paraître dédaignée. N'est-ce pas donner à l'amant une mauvaise opinion de
soi que de paraître occuper si peu de
place dans l'affection d'un mari ?

Une femme avoue volontiers que son
mari ne prend pas garde à elle, qu'il s'occupe de toute autre chose, qu'il a d'autres
passions en tête, le jeu, la table ; elle for-
cera même la peinture, elle montrera son
mari moins aimant qu'il n'est, mais elle

ne lui pardonnera pas de le prouver en
public par des faits.

Aussi, petit à petit, elle amasse des faits
dans sa tête, elle les groupe, elle les
classe; ces faits se grossissent, se colo-
rent, forment des montagnes qui accable-
ront la tête du mari, toutes sortes de détails minuscules qui échappent au con-
damné quand il apprend sa terrible sen-
tence.

Un ami observateur eût fait remarquer
plus tard à M. Creton du Coche qu'il avait
pour ainsi dire attisé le feu des colères de
sa femme, qu'il eût pu se casser la tête
sans se rappeler la phrase qui avait blessé
Louise.

La comtesse prit la défense de la
femme de l'avoué, et fit remarquer à son
mari qu'il la recevait au moins froidement.

— Ne faites pas attention, madame, dit
M. Creton du Coche ; ma femme y est ha-
bituée, elle me connaît ; n'est-ce pas,
Louise ?

Le malheureux semblait vouloir hâter
l'heure de sa condamnation.

Les tribunaux, qui ne prononcent de
séparations de corps qu'à la suite de vio-
lences bien constatées, sont impuissants à
connaître ces mille petites causes qui

amènent les plus grands troubles dans les
ménages et qui font que de pareils faits
sont beaucoup plus violents que des bru-
talités. D'ailleurs il faudrait, pour les expliquer et les mettre en lumière, des esprits observateurs, fins, délicats et analy-
tiques, facultés que beaucoup d'avocats
ne semblent pas avoir en partage.

— La façon dont j'ai connu M. Julien,
dit le mari, est au moins singulière ; mais
je l'avais remarqué, il y a longtemps, et
je désirais faire sa connaissance, sans me
rendre compte pour quels motifs. Savez-
vous, madame la comtesse, combien les
habitants de Molinchart boivent de cruches d'eau par jour ?

— Non, monsieur, dit la comtesse en souriant.

— J'ai toujours aimé à m'instruire, dit l'avoué, et c'est justement M. Julien qui m'a empêché d'arriver à mes calculs. Nous avons à Molinchart des fontaines publiques, des puits et des citernes ; mais l'eau n'est pas aussi bonne que celle du bas de la montagne ; il y avait longtemps que je voulais savoir combien les ânes en transportent de cruches par jour..... J'étais un jour sur la promenade, depuis le matin, à compter les ânes qui portent chacun huit cruches dans leurs paniers..... Vous ne croiriez peut-être pas que j'avais oublié d'aller déjeûner... Tu dois te rappeler, ma

femme, le jour où je n'ai pas été déjeûner;
si je ne déjeûnais pas, c'est que j'avais
peur de manquer un convoi d'ânes. Vous
me diriez, madame, qu'il était facile d'interroger les femmes qui conduisent les
ânes, et de leur demander : Combien êtes-
vous qui faites ce commerce, et combien
de fois par jour montez-vous la montagne?
Mais j'ai reconnu qu'il vaut mieux faire
ses observations soi-même, voir et calcu-
ler au lieu d'interroger. D'ailleurs, les
femmes de la campagne, qui ne savent
pas quel intérêt vous apportez à ces
questions, n'y mettent aucune complaisance.

— Connaissez-vous M. Bonneau? demanda le comte à l'avoué.

— Non, dit M. Creton du Coche.

— C'est notre voisin. Il faudra que je vous le présente. C'est également un savant fort distingué et qui apporte la même conscience que vous dans ces sortes de travaux.

— Il était à la distribution des prix, dit la comtesse ; mais il n'a pu terminer un morceau qui roulait sur des matières fort délicates d'archéologie.

— Ah! dit l'avoué, vous avez pour voisin un archéologue !

— Il s'inquiète des moindres vestiges

de monuments, dit la comtesse, et il les
recueille avec le plus grand soin ; les personnes qui prétendent s'y connaître trouvent son musée fort curieux.

— J'y mènerai M. du Coche, dit Julien.

— Je suis enchanté de faire la connaissance des personnes qui se dévouent à la
science ; cependant j'avoue que le petit
tailleur n'a pas montré une grande complaisance à mon égard.

— Est-ce que monsieur du Coche a été
rendre visite à Cadet-Bossu ? demanda la
comtesse.

— Oui, madame, Jacques m'y a mené ;
je trouve l'invention du tailleur fort ingénieuse ; ses Cosaques sont parfaits ; mais
le tailleur semble avoir puisé dans leur
contemplation quelque chose de leur fé-
rocité... Pour en revenir au volume d'eau
que la fontaine du bas de la montagne
fournit aux habitants de Molinchart, j'é-
tais, comme je vous le disais, depuis le
matin, sur la promenade, mon carnet à la
main, inscrivant chaque fois le nombre
des ânes qui passaient sous mes yeux,
lorsque M. le comte arriva tout d'un coup
à cheval et traversa un groupe d'ânes... A
partir de ce moment, mes calculs ont été
dérangés. Je vous regardais, j'admirais
votre façon de monter à cheval, et jamais
je ne me suis rappelé si j'avais inscrit,

avant votre arrivée, sur le carnet, les
ânes qui se trouvaient sur votre passage.

— C'est fâcheux, dit Jonquières.

— Toutes mes observations précédentes
étaient inutiles.

— Si j'avais su, dit Julien, j'aurais passé
par un autre côté.

— Oh! dit l'avoué, j'aurais pu recommencer le lendemain ; mais ces calculs
m'absorbaient trop.

Pendant tout le dîner, M. Creton du

Coche ne parla que de ses ânes et de l'eau qu'ils portaient dans les cruches, au grand déplaisir de Louise, qui ne voyait pas sans peine son mari étaler sa sottise avec complaisance.

Après le dîner, on fit un tour dans le jardin; Jonquières donnait le bras à la comtesse; M. Creton du Coche marchait seul, ruminant ses observations; la petite Élisa courait en avant et en arrière, cueillait des fleurs, faisait des bouquets, allait de l'un à l'autre, tandis que Julien, qui donnait le bras à Louise, marchait à pas lents pour mettre quelque intervalle entre sa mère et lui.

— Que vous êtes bonne d'être venue! lui disait-il.

— J'aurais bien dû ne pas venir, dit Louise, après cette lettre.

— Qu'y avait-il dans ma lettre? Rien autre chose qu'une invitation.

— La voici, dit Louise; je l'ai apportée pour la déchirer devant vous. Vous ne savez pas à quel danger vous m'exposez. Si par hasard mon mari était revenu et qu'il eût trouvé cette lettre, si elle s'était égarée, si elle était tombée en d'autres mains, que sais-je? la malignité aurait pu en tirer parti... Tenez, la voici, et je vous en prie, monsieur, ne m'écrivez jamais, n'importe dans quelle circonstance.

Julien profita de ce que Louise lui pas-

sait la lettre pour s'emparer de la petite
main rétive.

Le soir était venu; il régnait une grande
tranquillité dans la campagne; la comtesse était à quinze pas en avant, causant
avec son neveu.

Julien ne répondit pas et garda la main
de Louise dans la sienne. Rien ne porte
au silence comme la campagne; le comte
avait le cœur plein de paroles, et cependant il se taisait, espérant faire passer
dans une pression de mains les sentiments
qui l'agitaient.

Quoiqu'elle eût la main gantée, Louise

se sentait gagner par un trouble inexpri-
mable ; ses pas qui ne résonnaient pas sur
le gazon, la tiédeur de l'atmosphère, cette
conversation muette, lui faisaient battre
le cœur, et elle en arrivait à craindre encore plus le silence du comte que ses paroles.

— Laissez-moi, monsieur, lui dit-elle.

Elle fit un violent effort pour dégager son bras ; alors Julien lui lâcha la
main.

— Pourquoi ne peut-on toujours vivre
ainsi ? s'écria Julien. Quel beau rêve,
Louise ! mais quel triste réveil, quand
vous serez partie !

Heureusement pour la femme de l'a-
voué, Élisa accourait en poussant des
cris de joie; elle avait trouvé deux vers
luisants, les avait posés sur les bords de
son chapeau de paille et se faisait une fête
de montrer à chacun ces deux petits dia-
mants bleus qui étincelaient comme du
phosphore.

Louise voulut la prendre par la main,
afin d'avoir un protecteur, mais la petite
fille déclara qu'elle voulait marcher en
avant pour servir de phare aux prome-
neurs.

Tout à coup, Julien fit un mouvement
de dépit que comprit Louise. La voix de

M. Creton du Coche venait de se faire entendre à peu de pas ; ayant pensé quelque
temps à ses découvertes scientifiques, il
s'était senti isolé en pleine nuit, et il avait
été faire un bout de conversation avec la
comtesse, qui s'était prêtée de bonne grâce
à écouter les propos bourgeois sur la
brièveté des jours d'automne, sur la disparition du soleil, sur le calme de la tem-
pérature.

Après avoir épuisé la conversation de
ce côté, l'avoué, qui se servait assez
souvent des mêmes motifs, venait retrouver sa femme et le comte, et recommen-
çait pour de nouveaux auditeurs ce qu'il
venait de débiter ailleurs.

Julien, quoiqu'il enrageât d'être troublé dans sa conversation muette, fut
obligé de quitter l'état vague où il était
plongé et d'avoir l'air d'écouter l'avoué.
Encore, M. Creton poussa-t-il la méchanceté jusqu'à faire des questions sur les ré-
coltes de toute nature de l'année, questions auxquelles le comte était obligé de
répondre, tout en jurant entre ses dents
contre le fâcheux.

— Mais, monsieur, dit Louise à son
mari, ce que vous dites là n'est pas intéressant.

Si la nuit avait permis d'étudier la figure de l'avoué, on eût été frappé de sa

comique surprise en entendant cette parole qui tenait d'un esprit révolté.

— Ce n'est pas intéressant ! s'écria-t-il ;
voilà bien les femmes. Tu crois sans doute
qu'une conversation sur les modes, sur
les chapeaux, sur la tapisserie, plairait
davantage à M. le comte. Ce que c'est
pourtant qu'une femme qui n'est jamais
sortie de la ville : elle ne sait pas distinguer le seigle du froment, le blé de l'a-
voine ; elle croit volontiers que tout cela est
de l'herbe, et elle vient me dire que cela
n'est pas intéressant... Ah ! monsieur le
comte, madame votre mère a eu bien tort,
je le crois, d'amener ma femme à la campagne

— Au contraire, monsieur du Coche,
dit Julien, ma mère est enchantée d'avoir
fait la connaissance de madame.

— Oh! oh! dit le mari d'un air de
doute, c'est la politesse seule qui vous fait
parler ainsi.

— Vraiment, dit Louise, à entendre
mon mari, on me prendrait pour une
ignorante.

— Non, non, dit l'avoué, tu n'es pas
ignorante, tu brodes parfaitement, tu fais
également bien de la tapisserie, mais tu
n'entends rien aux productions de la
terre.

II   7

On arriva bientôt au château, et cette
vie, calme en apparence, se continua pendant quelques jours ; cependant Julien,
quoiqu'il vît réaliser ce qu'il avait tant
souhaité, la présence de Louise devenait
triste, et ses anciens accès de mélancolie
le reprenaient. Quelquefois il fallait l'ordre de sa mère pour qu'il l'accompagnât
à la promenade avec Louise : il inventait
des indispositions qui le retenaient dans
sa chambre, disait-il, et qui le faisaient
souffrir sans qu'il en résultât de maladie
bien grave. Son cousin vint à son secours
et l'alla trouver, un matin qu'il n'était pas
encore levé à dix heures.

— Je ne te dirai pas, dit Jonquières,

que je t'avais prédit ce qui arrive, mais
tâche de prendre un peu de courage et de
combattre ta passion, non pas pour toi,
mais pour ta mère.

— Ma mère ! s'écria Julien.

— Sans doute ; elle ne m'a rien dit,
parce qu'elle me sait trop ton ami pour
que je ne te répète pas les moindres choses
qui te regardent, mais j'ai cru comprendre
qu'elle avait deviné l'état dans lequel tu
te trouvais.

— Tu crois, dit le comte de plus en plus
attristé.

— Je ne l'affirmerais pas, mais elle s'en
doute.

— Il ne faut pas qu'elle le sache, dit Julien.

— Je l'ai pensé comme toi ; ma tante ne souffrirait pas qu'on trompât chez elle ce M. Creton ; elle ne fermerait pas les yeux complaisamment sur une intrigue, et si elle avait un commencement de certitude, elle ferait tout pour éloigner l'avoué et sa femme.

— Peut-être le préviendrait-elle, dit Julien.

— Il faut donc, mon cher ami, que tu joues un peu la comédie pendant quelques jours : tâche de paraître gai, et chasse ces

airs mélancoliques qu'elle a trop appris à
connaître quand tu revins de Paris. Plai-
sante avec la femme de l'avoué, sois em-
pressé auprès d'elle, galant même, mais
d'un air dégagé. Au contraire, tu es
gêné auprès d'elle, tu ne parles pas, tu
soupires...

— Vraiment! s'écria le comte un peu
confus.

— Eh bien! il n'y a pas de mal, tu l'aimes et tu soupires; il y a manière de
soupirer; tu soupires bien, et tu n'as
pas l'air encore d'un chanteur de ro-
mances.

— A la bonne heure... dit Julien ras-

suré. Mais au fond je suis bien malheureux... Est-ce singulier? Je vois la femme
que j'aime toute la journée, mais je ne
peux lui parler tranquillement sans
qu'aussitôt le mari n'arrive, ou Élisa, ou
ma mère.

— Je fais cependant ce que je peux
pour qu'on ne te dérange pas. Tu es malheureux de cela seulement?

— Oui, mon ami!

— Je crois, dit Jonquières, que si vous
étiez seuls toute la journée tu n'en serais
pas moins malheureux.

— Moi, dit Julien.

— Tu demanderais autre chose ; il est bien rare que l'amour vous laisse l'esprit tranquille.

— Quel mari cette pauvre femme a rencontré ! s'écria Julien.

— Tu vas souhaiter peut-être qu'elle soit mariée à un homme de bonnes manières, aimable et spirituel.

— Tu te moques de moi, Charles. Mais il m'est permis de plaindre Louise d'être liée pour la vie à un homme qui l'humilie journellement et qui ne la comprend pas.

— Il est bien rare, dit Jonquières, qu'au

bout de dix ans, une femme trouve que
son mari la comprenne.

— Enfin, tu as été témoin de la manière
dont l'avoué traite sa femme, avec quel
sans-façon il lui répond et les moindres
occasions qu'il saisit pour l'humilier.

— Cela se comprend ; par cette gogue-
nardise, le mari croit montrer sa supério-
rité. J'ai connu beaucoup de maris ainsi
bâtis : leurs femmes leur servent de com-
pères sans s'en douter ; ce sont comme les
paillasses des arracheurs de dents, qui reçoivent à un moment donné les soufflets
du maître, pour bien faire comprendre à
la foule l'autorité de celui-ci.

— Pauvre Louise ! dit Julien. Je la plains, et c'est moi qui suis à plaindre, car je l'aime et elle ne m'aime pas.

— Elle ne t'aime pas ! dit Jonquières. Serait-elle venue chez ta mère si elle n'avait pas au moins un commencement d'amour ?

— Je ne sais rien démêler à sa conduite ; elle me fuit le plus qu'elle peut ; quelquefois, quand nous allons promener, elle prend le bras de son mari, qui ne s'en soucie guère ; elle me refuse les plus légères marques d'amitié... Enfin, le croirais-tu, elle me fait l'éloge des qualités de ce Creton.

— Elle lutte, dit Charles.

— Oh! c'est indigne! Quand je l'entends parler ainsi de son mari, je me sens révolté, j'ai honte d'aimer une femme qui a des sentiments si vulgaires, car je n'apporte aucune rancune vis-à-vis du mari. Il m'est indifférent, je n'ai pas de haine contre lui, ni d'amitié; si je rencontrais dans la vie un être pareil et qu'on me demandât mon opinion, je répondrais : C'est un homme borné, qui vit et qui respire comme un animal grossier, et qui n'a même pas, au fond, la tendresse de mon chien Tom..... J'aime mieux mon Tom... Ne penses-tu pas comme moi?

Jonquières se mit à rire.

— Est-ce que tu le peins de la sorte aux yeux de sa femme ?

— J'ai essayé, mais elle ne me laisse pas continuer ; elle dit qu'elle s'est trouvée longtemps heureuse...

— Ah ! longtemps n'est pas toujours.

— C'est ce que je lui ai répondu ; mais alors elle parle d'abnégation, de dévoû-ment, de vie paisible, d'intérieur tran-quille, et ces sortes de raisons me cassent les bras, je ne sais plus que dire. Nous restons sans nous parler, emportant cha-

cun de notre côté des impressions doulou-
reuses... Pourquoi le hasard ne nous fait-
il pas rencontrer au début de la vie des
femmes telles que celles-ci, dont on serait
fier, qu'on serait si heureux d'aimer; au
contraire, nous nous jetons dans les bras
de coquines qui savent développer notre
passion au plus haut point, et qui nous
laissent retomber brutalement dans un
bourbier où l'on reste pris de nausées, en
se demandant : Est-ce là l'amour? Quelquefois nous sortons de ce bourbier avec
beaucoup d'efforts, et toute la vie se passe
à douter de l'amour, à le craindre... Au
contraire, des jeunes filles pures, chastes,
à peine entrent-elles dans la vie, on leur
attache au pied un boulet, un mari tel
que ce Creton qui, s'il n'est pas usé, est

imbécille... Ah! on n'est jamais heureux
sur cette terre !...

— Il faut être excessivement curieux,
dit Charles, pour être heureux ; mais dans
ce moment-ci tu parles comme un homme
désespéré, et il est bien possible que demain tu sois pris d'une gaîté folle et
que tu trouves la vie un cadeau inappré-
ciable.

Julien secoua la tête.

— Qu'est-ce qu'il te faut pour te rendre
fou de bonheur ? un seul coup d'œil de la
femme que tu aimes, et ce coup d'œil
viendra.

— Le crois-tu, Charles ?

— Certainement, je vois dans la conduite de Louise des combats, des soubre-
sauts d'opinions qui n'ont que toi pour
objet. Qu'elle te le montre ou qu'elle te le
cache, qu'elle soit réservée ou émue, il n'y
a que toi dans la nature, toi et toujours
toi. Elle fait l'éloge de son mari, mais c'est
pour t'éprouver. Lui reconnût-elle quelques qualités à ce mari, qu'à l'intérieur,
sur les plateaux de cette petite balance
que chaque femme a dans le cœur, elle
mettrait d'un côté les pièces de six liards
du mari, et de l'autre les monceaux de
trésors, de bijoux et de pierreries, qui sor-
tent par la bouche d'un jeune amant. Va,
à l'heure qu'il est, M. Creton du Coche

est bien bas, et il ne pèse pas lourd, comme on dit.

— Ah! que tu me fais de bien, mon ami, dit Julien ; depuis ce matin, je n'ai fait que regarder mes pistolets.

— Que les amoureux sont difficiles à mener. Mais, comme tes matinées sont mauvaises en général, que tu n'as rien à faire ici, en ma qualité de médecin, je t'ordonne beaucoup d'exercice, et nous allons nous remettre à la chasse tous les jours. Est-ce convenu ?

— Je ferai ce que tu voudras, mon

ami ; mais tu me permettras de te parler d'elle ?

— Un médecin, dit Jonquières, doit flatter les manies de ses malades.

IV

Delirium archeologicum tremens.

Un matin l'avoué courait les champs ,
suivi de Jacques , qui s'ingéniait à lui
fournir chaque jour de nouvelles promenades.

Tous deux arrivèrent près d'un monument délabré qu'on appelle dans le pays le château des Templiers.

La course avait été longue et l'avoué se reposait sur le gazon, lorsqu'il aperçut un petit homme vêtu de noir, cravaté de blanc et porteur d'un immense parapluie fermé, dont il se servait comme d'une pique pour gravir la montagne.

Sous ces habits noirs, larges, on pressentait un savant, et sans avoir de vastes connaissances physiognomoniques, l'avoué flaira quelque être extraordinaire.

Le petit homme s'arrêtait de temps en temps, regardait le château des Templiers et brandissait son parapluie avec des airs de satisfaction. Il n'aperçut pas dans sa préoccupation, l'avoué et Jacques, qui étaient étendus sur le gazon, le premier sur le dos, le second sur le ventre.

L'archéologue se flaire de loin à la façon dont il regarde un monument. Il semble qu'il lui appartient, qu'il a été construit exprès pour sa satisfaction personnelle et que les ruines sont destinées à être commentées par lui.

L'archéologue n'est pas seulement curieux à être étudié en public; il se pose devant un édifice d'une certaine façon théâtrale; il sait qu'on le regarde et que les curieux disent de lui : Voilà un savant.

Dans ces circonstances, l'archéologue

n'est pas sérieux et manque de naïveté ; il
est sur un théâtre ; il fait l'homme important. Mais il faut surprendre l'admi-
rateur des monuments quand il se croit
seul et quand il se laisse aller à ses sensations intimes; son œil ne s'illumine pas,
comme on pourrait le croire, l'enthousiasme ne se peint pas sur ses traits, car
l'archéologue n'aime pas l'architecture,
pour l'architecture, il l'aime pour l'honneur qu'elle lui rapportera devant une
société savante.

Un monument, pour un archéologue,
représente un mémoire in-quarto de deux
à trois feuilles, qu'il lira à un moment
donné en séance publique. Les beautés
du monument ne le séduisent guère ; s'il

les étudie, c'est pour en faire une analyse
pénible, dans une langue particulière et
scientifique.

L'homme à l'habit noir s'avança vers un
grand mur qui restait encore entier et
mesura le mur avec son parapluie comme
il l'eût fait avec un mètre, puis il tira de
sa poche un petit carnet et y inscrivit
quelques notes.

— Jacques, dit M. Creton de Coche,
qu'est-ce que fait donc ce monsieur?

Jacques, qui commençait à sommeiller,
leva la tête et dit :

— Pardi ! c'est M. Bonneau avec son
parapluie.

— Le savant M. Bonneau qui demeure
à Vorges ?

— Lui-même, monsieur.

— Je vais lui parler.

— Ne vous en avisez pas, monsieur :
quand on le rencontre avec son parapluie,
c'est un signe qu'il ne veut pas être dérangé... il travaille, et alors, il est bien
pire que Cadet-Bossu.

M. Bonneau était un de ces bourgeois
qui furent attaqués, quelque temps avant
1830, d'une maladie tout à fait nouvelle,
connue sous le nom de *delirium archeolo-*
gicum tremens. Il est permis d'appeler cette
manie une maladie, car il en souffrait

violemment et versait plus de larmes sur
la démolition de la moindre vieille bara-
que que s'il eût perdu un membre.

L'avocat Grégoire répétait souvent avec
complaisance que M. Bonneau était atta-
qué de la pierre.

La mode était alors aux cathédrales.
M. Bonneau, riche rentier de Vorges, et
qui ne savait à quoi occuper son temps,
se jeta avec fureur dans les bras de l'archéologie. Il entreprit, dans sa petite
sphère, une besogne qui demandait plus
de démarches que d'intelligence; ce fut
de mesurer tous les monuments de sa
province.

Très jeune, M. Bonneau avait eu l'es-

prit tourné vers ce genre d'observations ;
il ne montait pas un escalier sans compter le nombre des marches du rez-de-
chaussée au grenier. Les personnes auxquelles il allait rendre visite et qui le
recevaient au bas de l'escalier n'étaient pas
peu surprises de s'entendre dire :

— Permettez - moi , je vous prie , de
monter jusqu'au haut de votre maison,
j'aurai l'honneur de vous présenter ensuite
mes hommages.

— Mais, monsieur...

— Vous devez avoir au moins soixante
marches dans vos deux étages. Oh ! je
m'y connais, j'ai regardé attentivement

la façade, je me trompe bien rarement,
soixante marches tout au plus; je serais
bien étonné s'il y avait moins de cin-
quante-cinq marches.

On n'avait pas le temps de répondre
que M. Bonneau était déjà monté au grenier, ne s'inquiétant pas si la personne
l'attendait ou non.

— Cinquante-huit marches, s'écriait-il
en entrant dans le salon d'un air triom-
phant; j'en étais sûr, et encore vous avez
un pas de porte, ce qui fait cinquante-neuf
marches.

Avec cet esprit d'exactitude, M. Bonneau savait combien il lui fallait de ses
petites enjambées pour mesurer la lon-

gueur d'une rue, et nécessairement combien d'enjambées nécessitait le tour de la
ville. Tout cela était noté avec grand
soin sur un petit carnet ; ce ne fut que
plus tard qu'il appliqua son intelligence
pleine d'exactitude à la mesure des monuments du département.

Mais, dédaignant les anciennes mesures
et ne se souciant pas des nouvelles, il
avait inventé un moyen terme qui aurait
pu troubler les habitudes de l'Académie
des inscriptions et belles-lettres. Tout
était soumis à son parapluie. Pour lui, un
monument avait tant de parapluies de
longueur, tant de largeur ; il ne comptait
que par parapluie, n'étant jamais sorti
sans ce meuble prudent.

Le caractère distinctif de M. Bonneau était le parapluie, en hiver, au printemps, en été, en automne, qu'il fit grand soleil ou grande pluie, neige ou grèle. On ne se rappelait jamais l'avoir rencontré sans son parapluie, et il se l'était tellement assimilé dans les gestes, dans les mouvements, qu'on aurait juré qu'il était venu au monde avec un parapluie, et que mieux eût valu priver un boiteux de ses béquilles que lui de son parapluie.

La Société académique rémoise avait admis cette singulière mesure, et chaque membre savait à quoi s'en tenir quand M. Bonneau annonçait qu'il avait relevé la hauteur, la largeur, la longueur, la profondeur d'un monument, et que le tout

représentait tant de parapluies. La par-
faite conscience de M. Bonneau dans ces
sortes de travaux était tellement connue,
que l'Académie préférait cette mesure au
métrage souvent équivoque d'un archi-
tecte qui, n'apportant pas toujours l'appli-
cation voulue, peut commettre des erreurs
déroutantes pour la science.

Jacques expliqua du mieux qu'il le put
à M. Creton du Coche la haute estime que
les gens sérieux du pays professaient pour
M. Bonneau ; et l'avoué attendit avec impatience que l'archéologue reparut, car il
était occupé à relever la façade de derrière
du château des Templiers , et on l'avait
perdu de vue ; mais bientôt on put le voir
manœuvrant avec beaucoup d'agilité son

parapluie, le faisant pirouetter sur lui-
même du manche à la queue, en ar-
pentant avec rapidité le côté nord du monument.

L'avoué n'avait pas assez d'admiration
pour ce petit homme en habit noir qui
escaladait des murs, s'accrochait dans les
interstices des pierres et courait certainement des dangers pour donner des
calculs plus qu'approximatifs de l'éléva-
tion du monument.

Quand il fut arrivé au premier étage,
M. Bonneau recommença ses calculs sur
les quatre côtés du monument, pour vérifier la justesse de ses mesures, que des
contreforts inclinés avaient peut-être em-

pêché d'inscrire dans toute leur intégrité. Ayant contrôlé sur son carnet ses opérations, il descendit du vieux château avec le même sangfroid, se servant de son parapluie comme appui.

— C'est au savant M. Bonneau, que j'ai l'honneur de parler ? s'écria l'avoué.

— A lui-même, monsieur, dit l'archéologue, qui regarda en clignotant la décoration barométrique que portait à sa cravate M. Creton de Coche.

L'avoué déclina son nom, sa profession, son séjour au château de la comtesse de Vorges, et dit qu'il ne paraîtrait sans doute pas impoli en se présentant lui-même ; mais qu'heureux d'avoir rencontré l'archéologue, il n'avait pu modérer son vif désir de faire sa connaissance.

Il se joua alors entre les deux savants une comédie qui n'avait que Jacques pour spectateur : M. Creton du Coche, heureux d'être mis en rapport pour la première fois avec un homme célèbre dont tout le pays parlait, avait le plus vif plaisir de déployer ses connaissances météorologiques; il voulut prouver que lui aussi s'occupait de matières hors de la portée du vulgaire ; mais M. Bonneau ne savait pas écouter, à peine s'écoutait-il lui-même. Il ne voyait dans la vie que des monuments à mesurer avec son parapluie, et il était incapable de suivre une discussion étrangère à ce sujet. Il n'y avait pas de

place dans son cerveau pour les idées des
autres, et tout homme qui ne s'adonnait
pas à l'archéologie lui paraissait un être
d'une nature inférieure. Son amour-pro-
pre extrême lui faisait croire qu'il avait
inventé l'art de mesurer les monuments.

— Croiriez-vous, monsieur, dit-il à
l'avoué, qu'avant mes opérations, les
habitants de Reims ne connaissaient
pas l'étendue de leur collégiale ?.....
A la dernière séance du congrès académique, je m'avisai d'appliquer mon
parapluie contre le monument, et j'obtins
immédiatement la longueur du monument.
C'était un résultat précieux. J'entre au
congrès et je demande à un de ses mem-

bres combien avait de pieds la collégiale, en longueur ; il ne s'en doutait pas... On prononçait un discours sur un sujet d'agriculture d'une faible importance ; je me dis que si je laisse entamer la discussion sur cette matière, ma découverte peut être remise à une nouvelle séance ; alors j'écris sur un petit papier : Y a-t-il un des membres présents qui puisse répondre de la longueur certaine de la collégiale? Mon petit papier circule autour de l'assemblée, et me revient sans réponse. Monsieur, les habitants de la ville eux-mêmes l'ignoraient.

— Il en est de même, dit M. Creton, de Molinchart où...

— Permettez, monsieur ; aussitôt le

discours sur l'agriculture terminé, je monte
à la tribune ; je fais part de ma découverte,
et elle est immédiatement transcrite sur
le registre de la Société, à mon nom, bien
entendu, afin que ce fait ne soit pas perdu
pour l'avenir.

— A Molinchart , dit l'avoué , nous
sommes dans les mêmes conditions relativement à...

— Oh! je n'ai pas fini , monsieur , il
faut que je vous montre tout ce que j'ai
fait pour le département. Je ne perds pas
de temps, mais ma vie est réellement trop
occupée ; je ne pense qu'aux intérêts ar-
tistiques du pays... Vous connaissez
maintenant Vorges, monsieur , puisque

vous y êtes depuis quelque temps ; eh
bien ! vous allez voir ce que j'ai fait pour
Vorges : d'abord, j'ai créé dans ma maison
un musée tel qu'il n'y en a pas de pareil
dans le département... J'ai des fragments
des monuments des Romains ; une partie
de ma cour est pavée en briques romaines
ramassées une à une, quelquefois à vingt
lieues de distance l'une de l'autre. J'ai
dans ma cuisine des couteaux, vous
jugeriez qu'ils ont été fabriqués hier ;
eh bien ! monsieur, ce sont des couteaux
trouvés dans des tombes du pays, et je
me suis fait signer des certificats par les
autorités locales, constatant que mes
couteaux de cuisine proviennent de l'invasion des Gaules... C'est en m'entourant
d'objets d'une autre époque, en les faisant

servir à mes besoins journaliers, en vivant avec eux en perpétuelle contemplation, que j'ai puisé ce vif amour des monuments qui m'a conduit à de si importantes découvertes.

Chemin faisant, M. Creton du Coche essaya à diverses reprises d'interrompre le plaidoyer de l'archéologue; mais il ne put placer un mot sur ses études favorites; d'ailleurs, Jacques lui faisait signe de se taire, et, après avoir essuyé le feu du tailleur aux Cosaques, l'avoué commençait à prendre garde d'irriter les savants. On arrivait dans le village : M. Bonneau ayant invité son écouteur à venir voir sa maison, Jacques disparut.

La maison de l'archéologue était excessivement curieuse par la prodigieuse
quantité d'antiquailles qui servaient de
manteau aux murailles.

Le petit mur était protégé par des tes-
sons de pots romains remplaçant les culs
de bouteilles que cimentent les maçons
pour empêcher l'escalade des voleurs.

La porte avait deux battants ou plutôt
n'en avait qu'un provenant d'une armoire
de la Renaissance à figures sculptées,
tandis que l'autre battant était formé d'un
fragment de grille en fer tellement déna-
turée, qu'il eût été impossible d'en reconnaître l'origine si, par une conscience de

collectionneur, M. Bonneau n'eût accro-
ché à chacun des objets de son musée des
écriteaux explicatifs indiquant la date et le
lieu où ils avaient été trouvés.

Des cornes de cerf, des ossements de
morts, un ancien serpent de cathédrale,
des chapitaux cassés, des statuettes gothi-
ques sans têtes et sans mains, des serrures
délabrées, des morceaux de bahuts, des
armes rouillées, des pierres sculptées où
il n'y avait plus de sculpture, de vieilles
chaînes de fer : tout était scellé dans du
plâtre contre la muraille, et portait une
petite inscription en gros caractères sur
des morceaux de bois. Le *delirium archeologicum tremens* éclatait sur la façade de la
maison et laissait dans l'esprit une im-

pression triste , semblable à celle qu'on
emporte de la visite d'un hôpital.

Une espèce de tourelle avait été trans-
portée à grands frais dans un coin de la
cour ; et chacune des pierres numérotées
fut replacée soigneusement comme elle
l'avait été dans le principe.

La manie de la restauration , le culte
du passé, la fièvre du bric-à-brac avaient
empli cette habitation de tapisseries
trouées , de meubles boiteux , de pots
égueulés et de mauvais tableaux éraillés.

M. Creton du Coche prit pour de l'admiration ce qui n'était chez lui qu'un
sentiment pénible , en voyant entassés

dans l'intérieur de la maison tant d'objets
disparates , et qui n'offraient d'autre curiosité que de loger des monceaux de
poussière depuis des siècles.

Une petite salle mystérieuse ne recevait
presque pas de jour, à cause des vitraux
fêlés et plombés qui avaient été ajustés
avec beaucoup de peine aux fenêtres.

M. Bonneau recommanda le silence à
son hôte, et disparut un moment, le laissant en proie à une certaine inquiétude
respectueuse qui l'avait pris en entrant
dans la maison.

— Je m'en vais vous faire voir, lui avait
dit l'archéologue , un morceau précieux

que beaucoup de musées royaux m'en-
vieraient.

Pendant que M. Bonneau était sorti,
l'avoué se recueillit et repassa dans sa
mémoire les différentes observations cli-
matériques qu'il avait faites ; il les mit en
ordre, pour ainsi dire, les groupa , afin ,
quand il aurait vu la collection, d'en donner une idée à l'archéologue.

Jusque-là il n'avait pu placer que des
demi-phrases; mais il espérait pouvoir, à
son tour, donner cours à ses idées.

M. Bonneau reparut tenant en main
une vieille lampe à mèche qui n'était pas
inutile dans cette salle obscure ; alors
M. Creton put remarquer dans un coin un

grand coffre de bois portant cet écriteau :
*Coffre égyptien de l'époque de la seconde dy-
nastie.* Ce coffre vulgaire pouvait avoir été
construit par un emballeur moderne, tous
les jours les voitures de roulage en transportent qui ont des formes aussi intéres-
santes : mais la foi qui a fui notre époque
inquiète et sceptique semble s'être réfugiée
dans l'esprit des archéologues.

M. Bonneau ouvrit avec soin le grand
coffre : dans ce coffre était renfermé un
coffret, dans le coffret une boîte. Il fallait
un objet d'une immense importance historique ou d'une grande valeur pour né-
cessiter cet appareil de clés, de serrures :
aussi M. Creton ouvrait de grands yeux.

— Voyez et admirez ! s'écria M. Bonneau en montrant du doigt une chose informe qui gisait au fond de la troisième boîte.

Tout disposé qu'il était à une violente admiration, l'avoué ne sut d'abord que penser, et il était embarrassé de faire éclater son enthousiasme pour un objet inconnu.

— Comment trouvez-vous ce morceau ? s'écria M. Bonneau.

C'était la première fois qu'il adressait une question à l'avoué, et celui-ci ne savait qu'y répondre. Seulement il tendit la main dans la direction du coffre, en manifestant, sans parler, le désir de palper la chose mystérieuse.

— Permettez, dit l'archéologue, je ne laisse toucher à personne ce fragment précieux.

Alors il le prit avec précaution, l'approcha de la lampe et le tourna dans tous les sens comme pour en faire admirer les délicatesses.

C'était un lourd morceau de fer d'une forme grossière et qui ressemblait aux *boulons* de fer que les marchands passent le soir dans des trous pour assujettir leurs volets.

La rouille s'était arrêtée avec complaisance sur ce morceau de fer où elle trouvait sa pâture. L'avoué, qui craignait de mécontenter l'archéologue, fit une gri-

mace de complaisance qui n'avait pas de
signification positive et qui pouvait au
besoin simuler une admiration sans
bornes.

— C'est un morceau de l'éperon de
Charlemagne, s'écria M. Bonneau.

M. Creton du Coche s'inclina et fit
entendre un cri prolongé destiné à remplacer le langage , quand les mots ne
suffisent plus à rendre les sentiments violents qui agitent l'enthousiaste. Puis, peu
à peu reprenant ses sens, il s'écria :

— Diable !

— N'est-ce pas ? s'écria M. Bonneau.

— Ah ! bigre, dit l'avoué.

M. Bonneau faisait toujours tourner
son *boulon* de fer autour de la lampe.

— Oh! dit M. Creton.

— Ah! ah! reprit avec un son de voix
enchanté l'archéologue.

Ces conversations entre les amis des
arts, les collectionneurs et tous les admi-
rateurs de profession, n'ont quelque valeur
que par les différentes inflexions qui colo-
rent chaque interjection. Elles ne peuvent
guère être comprises que notées ; mais ce
dictionnaire admiratif a un défaut ; il est
restreint, et les collectionneurs ont le
tort de laisser trop longtemps le même
objet devant les yeux, car alors les ex-
clamations, qui n'existent tout au plus

qu'au nombre d'une douzaine, sont usées
avec trop de facilité.

Il en arriva ainsi, à l'avoué, qui malgré
son respect pour ce monument d'une
autre époque, trouva qu'un quart d'heure
de contemplation était peut-être un peu
fatigant.

— Je vois, dit M. Bonneau, que vous
comprenez bien.

— C'est délicieux, s'écria l'avoué, se
forçant pour donner une bonne mesure
de son intelligence.

— Je ne montre pas l'éperon de Charlemagne au premier venu, dit M. Bonneau?

— Je le crois bien, répondit l'avoué.

— Un joyau, n'est-il pas vrai? s'écria M. Bonneau.

— Curieux! curieux! curieux! reprit l'avoué, qui prenait au fond l'archéologue en pitié.

— Voilà un bijoux, dit M. Bonneau en lançant un léger regard méprisant sur le thermomètre de la cravate de M. Creton, qui ferait une jolie épingle de fantaisie.

— Oui , certainement...

— Il est malheureusement un peu lourd, dit M. Bonneau; sans quoi je le porterais il y a longtemps.

Pendant que le collectionneur refermait avec soin ses différentes boîtes, M. Creton pensa que l'air de la campagne lui avait donné un grand appétit, et surtout la tension d'esprit qu'il avait apportée à comprendre M. Bonneau.

Il se leva, brossa son chapeau de sa manche, et prépara sa sortie. Mais le collectionneur lui prit la main.

— Asseyez-vous, je vous prie : vous me faites l'effet d'un homme de tact, je veux vous faire entendre le mémoire que je prépare pour le congrès de Château-Thierry.

M. Creton s'assit avec résignation, éprouvant une certaine terreur au mot de

Mémoire ; mais il ne voulut pas blesser
l'archéologue , qui lui montrait tant de
confiance.

— Il s'agit , dit M. Bonneau , d'une affaire très importante pour notre cité , et
dont on me saura à peine gré. Les paysans
passent devant ma porte , et ils ne se
doutent pas que je veille à leurs intérêts ,
et que cette lampe , souvent allumée la
nuit à des heures avancées , annonce un
penseur qui sacrifie son sommeil à des
questions d'une haute portée historique.

Et d'abord je vais vous lire la correspondance nombreuse , dont voici le dossier copié en double, heureusement , car
l'incurie des administrations est telle ,
que , de la mairie de Vorges, de la sous-

préfecture de Molinchart, du ministère de l'intérieur, on n'a pas encore daigné me répondre.

Voici la lettre au ministre, celle qui est la plus explicative, et pour laquelle j'attendais une nomination de membre correspondant des monuments historiques.

M. Bonneau, qui portait les investigations de son esprit dans les choses les plus minimes, s'était réveillé un matin avec l'idée que le mot de Vorges avait un S de trop à la fin de son nom. Cet S le blessait, l'irritait, était devenu sa bête noire; il courut d'abord le pays en annonçant partout sa découverte, à savoir que Vorges devait s'écrire sans S; mais les fermiers et les propriétaires de l'endroit ne com-

prenaient pas l'intérêt d'une lettre de
moins dans un nom.

N'étant pas secondé par ses concitoyens,
M. Bonneau fit à chacun des membres du
conseil municipal en particulier des visites qui ne furent pas plus heureuses. Le
budget de l'année, la question des chemins
vicinaux étaient la grande affaire du
conseil municipal.

En voyant ce volumineux dossier et un
énorme cachier qui représentait le fameux
Mémoire, l'avoué sentit sa faim redoubler,
et il essaya, avant que la lecture ne fut
commencée , de faire entendre qu'on l'a-
tendait au château; mais M. Bonneau
avait trouvé un auditeur, et il ne l'aurait

pas plus lâché qu'une araignée une mouche.

Ne sachant comment décider les habitants de Vorges à supprimer l'S du nom
de la ville, M. Bonneau en écrivit au pré-
fet du département; mais les bureaux
restèrent muets devant cette pétition.
Alors l'archéologue irrité en référa au
ministre de l'intérieur ; il disait que sa ré-
clamation était fondée sur les motifs les
plus graves, et qu'il espérait fournir les
documents les plus précis et les plus irré-
fragables.

Sans doute certains historiens avaient
écrit Vorges avec un S ; mais c'étaient des
personnes étrangères à la localité et qui
copiaient l'S de leurs prédécesseurs , sans

vérifier si l'orthographe du nom était exacte. « Les véritables savants, monsieur le ministre, écrivait M. Bonneau, désirent faire disparaître cet S de notre commune. C'est pour nous un devoir que de ne pas laisser altérer le nom d'une petite ville dont il est question dans les *Commentaires de César*. Monsieur le ministre rendrait à Vorge un véritable service, en ordonnant qu'à l'avenir, dans les actes administratifs, le mot *Vorge* sera orthographié conformément aux chartes historiques où il est parlé de Vorge. Si on laissait se propager cette erreur plus longtemps, les habitants s'habitueraient à cet S, ne voudraient plus s'en séparer, et consacreraient une orthographe contraire à la vérité. Le premier S, qui ment effrontément à l'histoire, apparaît dans la minute d'un notaire de Vorge ; cette faute provient évidemment d'un clerc ignorant. Là encore cet *S*, source de l'erreur moderne, est-il contestable ; on ne sait que penser. Est-ce un caprice de la plume qui s'est arrondie tout à coup après la formation de l'*e* ? J'ai étudié longuement cette minute à la loupe, monsieur le ministre, et j'ose affirmer qu'aucun expert ne se prononcerait sur cet *S* douteux. Il est très désirable, monsieur le ministre, que vous vouliez bien appuyer de votre haute autorité mes humbles efforts. Vorge avec un *S* est un mensonge impudent. Que l'administration supérieure arrête cet *S*, et l'archéologie ne pourra qu'applaudir à à la protection que monsieur le ministre accorde aux efforts de quelques savants modestes de la province. »

Cet S troubla la tête de M. Creton du Coche par sa fréquente répétition. Il se remuait sur son fauteuil, croisait et décroisait les jambes avec des marques d'impatience ; mais M. Bonneau ne le lâchait pas et relisait sa volumineuse brochure en lui signalant de temps en temps certains passages à effet. Le malheureux avoué ne pouvait même sauter une page du Mémoire, car M. Bonneau ne le quittait pas de l'œil et cherchait à surprendre sur la figure du lecteur quelques marques de satisfaction.

Enfin, après trois grandes heures de lecture assidue, M. Creton parvint à s'é-

chapper; mais il passa une mauvaise
nuit, ayant des cauchemars ou des S
nombreux, semblables à des sangsues,
s'avançaient en grouillant vers lui et lu
suçaient le sang.

V

La comédie sous la table.

Quelques temps après la distribution
des prix, madame Chappe, la nouvelle
institutrice, rendit visite aux principaux
personnages de Molinchart. Ayant longtemps séjourné à Paris, elle en avait pris

les manières polies, la conversation pleine
de caresse, et elle pouvait, d'un instant à
l'autre, changer adroitement de caractère.

Elle n'alla pas seulement chez les personnes qui avaient des filles à élever, elle
se présenta dans les maisons les plus con-
sidérables et les plus influentes.

Sentant surtout de quel poids était la
religion dans l'éducation, elle en affecta
les semblants, et ne tarda pas à entrer en
relations avec les personnes pieuses qui
avaient des rapports directs ou indirects
avec le clergé.

Entre autres dont elle tenta de se faire

des protectrices, mademoiselle Ursule Creton ne fut pas oubliée.

La vieille fille était quinteuse à l'excès, et la dévotion outrée ne la menait pas à chérir son prochain ; au contraire, elle oubliait les qualités des gens qu'elle fréquentait pour tomber sur leurs défauts les plus minimes, des moindres défauts elle faisait une montagne ; mais madame Chappe savait combien ces natures hargneuses sont faciles à séduire et le parti qu'on en peut tirer.

Elle alla exprès à l'église les jours où elle savait que mademoiselle Creton s'y trouvait ; elle lui offrait son bras, portait son parapluie, et avait à son service des trésors de flatteries énormes que la vieille fille avalait avec la voracité d'un poisson.

La paroisse Notre-Dame, disait l'institutrice, devait être fière de compter dans
son sein une demoiselle si respectable par
ses vertus.

Madame Chappe savait admirer le chapeau vert doublé de jaune de mademoiselle Creton ; elle poussait l'audace jusqu'à
parler de la beauté de la vieille fille, dont,
disait-elle, les traces étaient visibles encore.

Ursule Creton n'avait jamais entendu
parler de sa beauté ; sa figure était si re-
frognée, si jaune et si ridée que le miroir
si trompeur ne rendit jamais de reflet sa-
tisfaisant.

La première fois qu'elle entendit ce langage, la jeune fille devint confuse et son
sang eut encore assez de force pour colorer légèrement ses joues ; elle sourit à la
seconde fois, et il ne fallut pas que la maîtresse de pension le répétât quatre fois
pour que la vieille fille crût avoir été une
beauté accomplie.

Tout ce que faisait *mam'selle* Ursule était
parfait, car madame Chappe attrapa immédiatement cette prononciation de *mam'selle*,
qui prenait dans sa bouche une nuance de
bonhomie et de familiarité.

La maison de mam'selle était la mieux
située de la ville ; il n'y avait que mam'selle
pour avoir d'aussi jolis petits Jésus en
cire ; qui est-ce qui oserait porter la ban—

nière après mam'selle? mam'selle avait de jour en jour une mine plus florissante; enfin l'*Amour* à mam'selle était le plus beau de tous les Amours.

L'*Amour* était le vilain chien gras dont le ventre caressait le plancher quand il essayait de marcher.

Il eut sans doute conscience des compliments de la maîtresse de pension, qui les lui faisait passer sur un morceau de sucre, car il quitta pour elle seule le grognement enrhumé qui se prolongeait tout le temps que durait une visite.

Madame Chappe avait été dans une grande partie des familles de Molinchart, et partout, disait-elle, on faisait l'éloge de mam'selle, on l'honorait, on la glorifiait.

La vieille fille put se regarder dès-lors comme une sainte Ursule, avec les avantages de la virginité et sans les souffrances du martyre.

Madame Chappe avait appris à Paris quelques secrets de cuisine inconnus à la province, elle savait confectionner certaines délicatesses sucrées qu'elle apportait à la vieille fille ; les compliments acharnés de la maîtresse de pension, ses chatteries, en firent une amie indispensable désormais à la vie de mademoiselle Ursule Creton.

Le bruit de cette liaison, du reste, se répandit dans la ville.

II   11

Jusqu'alors personne n'avait pu s'emparer du cœur de la vieille fille ; on en conclut que madame Chappe avait un caractère d'une douceur évangélique, et que bien certainement elle était confite en en pratiques religieuses, pour que la porteuse de la bannière voulût bien l'admettre dans sa familiarité.

Ursule Creton, que l'âge commençait à gagner, se fût peut-être démise de ses fonctions à la confrérie de la Vierge, en faveur de madame Chappe, si la profession de celle-ci ne l'eût empêchée d'accepter des honneurs qui pouvaient la détourner de l'enseignement.

Ayant solidement bâti les fondements

de sa réputation, madame Chappe songea à doubler au moins le nombre de ses élèves ; elle pensa qu'un voyage aux alentours, chez les fermiers, pouvait être d'une grande utilité, et elle vint un jour chez mademoiselle Creton, les larmes aux yeux, feignant une violente douleur d'une séparation de quatre jours ; en même temps elle lui demandait quelques conseils sur les personnes à voir, car la vieille fille connaissait les environs aussi bien que la ville.

Madame Chappe espérait encore tirer quelques mots de recommandation pour de hautes familles.

— Je m'en vais commencer par Lan—

douzy, dit l'institutrice ; de là je pense
aller à Vorges.

En entendant ce nom, mademoiselle
Creton sauta sur sa chaise, et sa figure se
tira comme par mille ressorts invisibles ;
son nez se pinça, son menton s'allongea ;
madame Chappe fut effrayée du changement subit qui s'était opéré sur la physionomie de la vieille fille.

— A Vorges ! vous allez à Vorges ! s'é-
cria-t-elle.

— Qu'avez-vous donc, mam'selle ? est-
ce que vous vous sentez mal ?

— Non, non, dit mademoiselle Creton ;
ah ! vous allez à Vorges !

— Je compte présenter mes respects à madame la comtesse en passant.

— Ah! la comtesse, celle qui reçoit chez elle M. et madame Creton.

— Ne sont-ce pas vos parents? demanda la maîtresse de pension, qui, depuis son arrivée, n'avait pas encore entendu la vieille fille parler de son frère.

— Ce sont mes parents, comme vous dites, madame, mais je les renie... Ah! vous allez à Vorges, au château, eh bien! j'en suis fort aise, vous pouvez me rendre un grand service.

— Vraiment, mam'selle; que je suis donc heureuse! moi qui me jetterais dans le feu pour vous...

— Ecoutez : j'avais un frère, car je
n'appelle plus M. Creton mon frère; il
s'est rendu indigne de mon amitié en
épousant je ne sais quelle femme de rien,
sans fortune et sans tournure, une espèce
de bohémienne, ma parole; elle en a la
couleur, et elle a eu l'art d'ensorceler
M. Creton, qui, avant de l'avoir vue, ne
songeait pas au mariage, vivait en paix
auprès de moi; je voulais lui laisser mes
économies... Qu'il y compte maintenant!
je laisserai plutôt tout à des étrangers; je
m'arrangerai de telle sorte qu'il n'aura
rien, et je n'oublierai pas, dit la vieille
fille en regardant la maîtresse de pension,
les personnes qui m'ont été dévouées!

— Bonne mam'selle ! s'écria madame

Chappe. Je déteste déjà ce M. Creton. Il
ne sait pas le trésor qu'il a perdu en vous
quittant, vous, un ange de douceur.

— Comment il se fait que cette femme a
attiré chez elle un jeune mirliflor qui est
le fils de cette comtesse, je l'ignore. Ce
que je sais, c'est que M. Creton et sa
femme mènent maintenant un train au-
dessus de leur fortune; ils reçoivent
comme des princes, ils ont table garnie à
tous venants, ils donnent des fêtes. On dirait qu'ils ne savent pas ce que coûte l'argent.

— Ce sont des dépensiers, dit madame
Chappe. Comme vous voyez juste, mam'-
selle.

— Tout Molinchart en parle ; chacun
me plaint d'avoir un frère prodigue qui,
quand il sera sur la paille, retombera chez
moi avec sa coquette de femme, ce que je
suis bien décidée à empêcher par n'importe quels moyens. D'ailleurs, est-ce la
place à un avoué d'aller chez la noblesse !
Les révolutions ont tout changé. Jamais,
de mon temps, on n'eût vu le fils d'un ou-
vrier viser plus haut que lui, car M. Creton a beau faire et beau dire, il est fils de
Marianne Létannée, femme de Jean Creton, notre père, charpentier de son état,
qui avait amassé à la sueur de son front
de bons écus, et qui a fait la sottise de
vouloir que son fils entrât dans la magis-
trature. Ah ! si notre chère mère Marianne
pouvait revenir dans ce monde, elle croi-

rait être éborgnée en voyant son fils fré-
quenter des marquis. Il faut laisser les
nobles entre eux et les vilains entre eux.
C'est le seul moyen que les affaires mar-
chent bien. Comment voulez-vous que
M. Creton soutienne le train de ces nobles
de Vorges? Tout avoué qu'il est, ce n'est
pas avec les affaires qu'il fait qu'il nour-
rira des chevaux et qu'il entretiendra des
carrosses pour lutter avec les équipages
des gens de Vorges. Non, ce n'est pas possible, et il y aura une fin... Comprenez-
vous que voilà plus de trois semaines que
monsieur et madame vivent à la campagne
chez des gens au-dessus de leur condi-
tion... Nécessairement, il faudra qu'ils
leur rendent la pareille, et il en sautera
de l'argent par les fenêtres.

— Dieu! que vous avez de bon sens, mam'selle, dit madame Chappe.

— Je me demande ce qu'ils font là-bas et dans quel but ils y restent si longtemps; comprenez-vous bien, madame Chappe, que j'aie encore la faiblesse de m'inquiéter d'eux, les ingrats qui ne sont seulement pas venus me rendre une visite avant de partir.

— Est-il possible !

— Il y a là-dessous un mystère; cette petite femme, madame Creton, est une fine mouche, une intrigante. Elle m'a toujours déplu. Je disais à mon frère : Prends garde, réfléchis bien avant de te marier à une femme plus jeune que toi et qui n'a

rien pour elle. Mais les hommes sont tous
de même. Il s'est marié malgré moi ; malgré ma froideur, madame Creton venait
me caresser de temps en temps et faire
l'innocente ; mais ce sont des mensonges
d'héritiers auxquels je ne me laisse pas
prendre... On en voulait à ma succession.
Quand je la voyais entrer, je me disais :
Allons, en voilà une qui vient voir si je
sortirai bientôt de chez moi les pieds en
avant... Ils n'auront rien, madame Chappe,
ils n'auront rien, soyez-en sûre.

La maîtresse de pension feignit une
grande bonté en essayant d'atténuer les
torts d'une jeune femme qui pouvait n'être
que légère ; mais elle le faisait de telle
sorte qu'elle poussait de plus en plus la

vieille fille dans la voie des ressenti-
ments.

Chargée de la mission d'étudier la conduite de M. et de madame Creton à Vorges, madame Chappe partit l'esprit plein
de pensées nouvelles.

La succession de mademoiselle Creton
se dessinait dans un lointain doré ; avec
quelque adresse et un grand esprit de conduite, il était facile de s'emparer complétement de l'esprit de la vieille fille.

Le principal était fait : déjà les deux
seuls héritiers étaient écartés par leurs
propres fautes ; il ne s'agissait plus que
d'empêcher une réconciliation entre le
frère et la sœur. De ce côté, madame

Chappe était un peu tranquille, les haines des vieilles gens étaient égales à leur entêtement ; mais mademoiselle Ursule Creton pouvait changer d'avis, et oublier la maîtresse de pension, car elle n'avait jeté que quelques paroles en l'air relativement à une donation, et les vieilles filles sont aussi capricieuses que les jolies femmes.

Il était nécessaire, avant tout, de se faire faire un legs par testament, ou plutôt une donation de la main la main serait une affaire plus sérieuse.

Madame Chappe roulait cette idée dans son esprit en ne sachant comment entamer cette question délicate de la donation.

Elle espérait la déguiser sous la forme d'un prêt sans conditions.

Tout le long du chemin se passa à ruminer ces projets dont la réussite faisait sortir madame Chappe de l'enseignement qu'elle haïssait, mais dont il fallait se servir.

La maîtresse de pension était à quatre heures à Landouzy, séparé seulement d'une demi-lieue de Vorges ; elle entra dans un hôtel, non pas pour se reposer, mais pour y passer une heure, car elle voulait arriver au château à l'heure précise du dîner, afin d'être certaine d'être invitée à rester au moins jusqu'au lendemain.

Madame Chappe avait remarqué, à la distribution des prix, la comtesse de Vorges, et elle était à peu près certaine que la grande dame ne s'enthousiasmerait pas d'elle facilement.

Une grande bienveillance était répandue sur la physionomie de la comtesse; mais madame Chappe connaissait assez le monde pour savoir combien ces natures sympathiques à la sincérité deviennent tout à coup défiantes et réservées vis-à-vis des personnes rusées.

La maîtresse de pension se savait l'esprit louche; malgré tout son art, il lui était difficile de faire passer la franchise sur sa figure; elle s'était assez étudiée de-

vant son miroir à se donner l'air ouvert,
les traits calmes, l'œil honnête, mais la
rusée comédienne ne put y parvenir.

Pour étudier M. et madame Creton, le
séjour au château était indispensable, et
la première des conditions était de plaire
à la maîtresse de la maison.

Il en arriva ainsi que madame Chappe
l'avait pensé ; elle sonnait au château à
six heures précises ; un domestique lui dit
que la comtesse était à dîner, et que si elle
voulait attendre, on préviendrait madame
de Vorges immédiatement après.

— Je viens seulement embrasser ma
chère Elisa, dit madame Chappe feignant

une grande familiarité pour la petite fille qu'elle n'avait vu qu'une fois.

Le domestique se laissa prendre à ces paroles et introduisit madame Chappe dans la salle à manger au moment même où on allait se mettre à table.

La maîtresse de pension courut à l'enfant, l'embrassa à deux ou trois reprises avant de saluer la maîtresse qui ne la reconnaissait pas.

— Pardonnez-moi, madame, de ne pas vous avoir présenté mes respects, mais je ne connais que mes élèves... Vous ne me remettez pas... J'ai pourtant eu l'honneur de vous voir à notre distribution des

prix... Je n'ai pas voulu passer par ici
sans voir cette chère petite Elisa.

La comtesse engagea à dîner madame
Chappe, qui se fit prier ; elle avait déjeûné
fort tard, elle était si fatiguée, disait-elle,
qu'à peine pourrait-elle manger un morceau.

La maîtresse de pension , assise entre
Louise et la comtesse, n'aperçut d'abord
rien de remarquable ; le jeune comte fei-
gnait d'être gai, son cousin parlait beaucoup afin d'empêcher M. Creton du Coche
de prendre la parole, et les gentillesses
d'Elisa, placée près de sa mère, occupaient
tous les convives.

La mélancolie de Louise avait laissé

place au sourire doux de la femme qui se
sent aimée ; mais madame Chappe, la
voyant pour la première fois, ne pouvait
y attacher aucune importance.

La maîtresse de pension joua parfaitement son rôle, qui était double, celui de
s'assurer le retour à la pension d'Élisa et
celui d'étudier les convives ; mais ayant
pris pied dans la maison, elle chercha
plutôt à se poser en institutrice, laissant
au hasard le soin de lui apprendre ce
qu'elle avait à savoir.

Elle parla longuement de son institution, des nombreux élèves dont elle était
sûre et de la direction qu'elle voulait donner au pensionnat, de sorte que la comtesse ne vit dans madame Chappe qu'une

maîtresse de pension intelligente, qui courait un peu après les élèves, il est vrai,
mais qui paraissait s'occuper de sa mission
avec conscience.

Madame Chappe avait été frappée en
entrant de la beauté de Louise, elle le fut
plus encore de la douceur de sa voix : elle
parlait peu, elle ne cherchait pas à pro-
duire d'effet, et cependant on se sentait
pris d'une vive sympathie pour elle en
l'entendant.

M. Creton du Coche se faisait connaître
aussi rapidement par un *oui* ou un *non* je-
tés dans la conversation ; après avoir
écouté le mari et la femme, madame
Chappe se dit que la vieille fille lui avait
fait un portrait bien noir de son frère et

de sa belle-sœur, et cela lui inspira une certaine défiance contre Ursule Creton ; car Louise paraissait d'une nature si douce, et si aimante, qu'il avait fallu de mauvais procédés de la part de la célibataire pour éloigner d'elle sa belle-sœur.

L'avoué n'inspirait aucune curiosité à la maîtresse de pension qui, d'un coup d'œil, le jugea ce qu'il était.

Quant aux relations entre la comtesse et Louise, elles étaient toutes naturelles ; deux femmes au cœur simple et bon s'étaient rencontrées et comprises, d'où une liaison passagère qui avait pris le caractère d'une amitié durable.

Il n'était pas besoin d'une grande diplo-

matie pour connaître cette intimité : ainsi
le pensa madame Chappe, qui vit tomber
en peu de temps, une à une, les nombreuses
récriminations de la vieille fille, qui voyait
son frère sur la paille pour être lié avec
des grands de la terre.

La maîtresse de pension put faire ces
réflexions pendant que M. Creton racontait pour la sixième fois les merveilles du
musée-Bonneau, lorsque tout à coup elle
fut troublée dans ses observations par un
léger frottement de pied qui avait touché
le sien ; d'abord elle retira naturellement
son pied, croyant que Louise l'avait touché par hasard ; mais son second mouvement fut de le laisser à la même place.

Le pied étranger, qui avait conscience

d'un corps étranger, ne bougea pas et au
contraire s'établit commodément côte à
côte de celui de la maîtresse de pension.

Les émotions des personnes artificieuses
ne paraissent guère sur leur figure, mais
se donnent carrière au-dedans ; la haine,
la joie, la tromperie, la colère, qui nous
ont été données pour paraître à la sur-
face, sont des passions d'autant plus dan-
gereuses qu'elles sont *rentrées*. C'est ce qui
explique comment les hypocrites jouissent
rarement d'une physionomie claire et
saine ; la tension qu'ils apportent à empêcher leurs passions d'apparaître au grand
jour, fait que les sensations jouant au-dedans agissent contre la nature et affectent
trop vivement des organes qui ne sont

destinés qu'à conduire des impressions et non à les ressentir.

La maîtresse de pension, sans laisser rien paraître dans ses traits, s'assura de la position du pied qui était à l'inverse du sien, le talon frottant les doigts et les doigts le talon.

En face d'elle était le comte; lui seul pouvait diriger son pied dans ce sens, mais dans quel but? Si madame Chappe avait eu quelque coquetterie dans l'esprit, elle eût cru à une avance de la part du jeune homme.

Elle se laissa prendre une seconde à cette idée, qui lui rappelait sa jeunesse, et la rejeta aussitôt.

Puis elle voulut s'assurer qu'il n'y avait pas seulement hasard, car il pouvait exister trois motifs qui retenaient le pied : le premier était un manque de sensation, une ignorance complète d'un corps étranger ; le second motif était une malhonnèteté, l'acte d'un homme qui ne se gêne pas et qui reste où il se trouve, sans s'inquiéter s'il est désagréable; mais il semblait plus probable que le pied étranger pouvait se tromper au point de croire qu'il touchait un coussin, un pied de table ou de chaise.

La maîtresse de pension retira doucement son pied, sans le placer toutefois hors d'atteinte, et elle attendit ainsi dans l'inquiétude le pied étranger, qui ne tarda pas à la suivre dans sa retraite.

Il se joue ainsi entre amants des comé-
dies charmantes et muettes qui ont tout
l'attrait du mystère et de la chose défen-
due.

Ce sont de muettes conversations et des
baisers sans fin en face d'un public qui ne
voit rien.

Pendant ces caresses interminables et
ces dialogues éloquents, il est permis de
paraître froid ou de causer de choses indif-
férentes.

Il est bien difficile au premier observateur de se rendre compte de ce qui se dit
sous la table.

Madame Chappe regarda le comte, qui

paraissait tellement naturel dans ses moindres actes, qu'elle crut un moment s'être
trompée ; mais la forme du pied, sa taille,
quoique pétit, indiquaient nécessairement
un pied d'homme, et sa position ne permettait pas de croire qu'il appartînt à
M. Creton du Coche, placé à l'autre extrémité de la table, ni à Jonquières, séparé
de la maîtresse de pension par la comtesse
et Louise.

Madame Chappe, résolue à connaître la
vérité, joua de son pied plus délicatement
qu'une marquise de sa pantoufle ; elle ap-
porta dans cet art difficile des finesses que
n'eussent pas trouvées les grandes co-
quettes du Théâtre-Français.

Il se passa alors sous la table un petit

drame amoureux, complet, qui pouvait s'appeler la séduction, qui commençait à la déclaration et qui finissait par un abandon complet.

A peu près certaine que ce manége secret venait du comte et qu'il s'adressait à Louise, madame Chappe chercha à se rendre compte si ce commerce secret durait depuis longtemps, ou si Julien entamait pour la première fois une déclaration.

Là était le point difficile ; mais la maîtresse de pension montra, dans le combat qu'elle livra, qu'elle avait été savante dans l'art de ces savantes coquetteries.

Son pied eut l'air d'abord de fuir devant

l'ennemi, mais il était rattrapé bien vite,
et l'ennemi en profita pour lui arracher
une sorte de baiser.

Madame Chappe écoutait les jolis propos de l'étranger et tout d'un coup reprenait la fuite : c'est là que la maîtresse de
pension put juger du degré d'intimité qui
existait entre Louise et Julien, car le pied
du comte se plaignait de toutes ces fuites,
s'en étonnait.

Il parut clairement à madame Chappe
que ces entretiens ne dataient pas de son
arrivée : aussi abandonna-t-elle son pied
qui reçut mille caresses,qui couraient depuis le talon jusqu'à l'extrémité des
doigts.

Julien n'était plus le même a la fin de
ce combat muet ; ses yeux brillaient,
quoiqu'il affectât de les baisser, pour qu'on
ne remarquât pas leur trouble ; l'amour se
lisait sur sa figure.

Le comte était rayonnant de jeunesse.

Satisfaite de sa découverte, madame
Chappe ne pensa plus qu'à se dégager,
afin que la fraude ne fût pas découverte ;
de son pied libre, elle alla caqueter auprès
de celui de Louise, et manœuvra avec une
telle adresse, qu'elle amena celle-ci à la
remplacer auprès du comte. Car elle craignait que Julien ne parlât à la femme de
l'avoué de l'état d'extase dans lequel l'avait
plongé la possession de son joli pied ;
maintenant le pied de Louise n'eût-il été

frôlé qu'une seconde, que ce fait suffisait pour expliquer le bonheur dont Julien ne devait pas manquer de parler.

Avec de tels indices, la maîtresse de pension put suivre comme un spectateur du parterre la comédie qui se jouait presque sous elle seule; les doutes de l'institutrice étaient envolés, M. Creton du Coche, quand il n'eût pas été aveuglé par son état de mari, était trop occupé et trop peu jaloux pour se douter de l'attachement de sa femme.

C'était peut-être encore de l'amitié qui existait entre Julien et Louise, mais une amitié bien fragile.

Ayant adopté ce moyen de conversation

mystérieux si plein de charmes, ils agis-
saient dans le jour même comme deux
personnes gaies et polies.

Leur amour passait quelquefois dans un
mot, dans un regard, mais rapide comme
l'éclair.

A l'exception de Jonquières, madame
Chappe seule jouissait de ces éclairs ; elle
les constatait, les enregistrait, et ne pouvait cependant se dissimuler qu'il se passait un grand combat entre la tête et le
cœur de Louise.

Si quelquefois elle se laissait aller à un
allanguissement plein de délices, la tristesse venait immédiatement succéder à
cet état.

La maîtresse de pension tenta de se
couler dans les bonnes grâces de la jeune
femme ; elle espérait ainsi forcer les confidences, et au besoin souffler sur la
flamme de cet amour naissant que la raison pouvait éteindre.

Le lendemain de sa découverte, elle
rencontra Louise, qui s'était levée de
bonne heure et qui se promenait dans le
jardin.

Madame Chappe entra en conversation
et passa en revue toutes les personnes de
la maison avec lesquelles elle avait dîné ;
elle eut des éloges pour chacune d'elles, et
les poussa même jusqu'à l'exagération,
dans l'espérance de faire croire qu'elle
avait des trésors de bonté.

11   13

Son but était d'arriver à faire le portrait
du comte, qu'elle accabla de toutes les
qualités qui peuvent plaire aux femmes ;
mais Louise, tout en répondant poliment
à ces paroles, ne laissa pas échapper un
mot qui amenât madame Chappe sur le
terrain de l'intimité.

La maîtresse de pension ne se tint pas
pour battue ; elle était bien certaine qu'au
bout de quinze jours elle arriverait à être
la confidente de la passion de Louise ; mais
elle ne pouvait rester longtemps au château, quoique la comtesse de Vorges l'eût
engagée à y passer quelques jours.

Le hasard fit qu'elle rencontra dans la
même journée Julien qui se promenait
seul avec ses pensées.

D'abord le comte parut contrarié d'être dérangé et de ne pouvoir tracer avec sa canne sur le sable des lignes qui lui rappelaient peut-être le souvenir de Louise ; vis-à-vis de Julien, la maîtresse de pension se servit des mêmes moyens qu'elle avait employés le matin avec la femme de l'avoué, et le comte se laissa prendre aux paroles artificieuses de madame Chappe.

Elle paraissait si enthousiaste de la beauté de Louise, elle détaillait ses qualités avec tant de feu, elle la jugeait si digne d'être aimée, elle faisait un portrait si ridicule de M. Creton du Coche, elle plaignait Louise avec tant de compassion, que Julien se sentit pris d'une vive estime pour une femme qui savait comprendre les

charmes de celle qu'il aimait, et il lui
avoua sa passion.

Une femme est une si douce confidente,
qu'une vieille, qui écoute un jeune homme
avec complaisance, arrive à se rajeunir à
ses yeux.

Julien se mourait de trouver un cœur
dans lequel il pût décharger le poids de
ses secrets : la nature, l'isolement de la
campagne lui faisaient paraître encore
plus lourd son amour.

Il ne se sentait pas la force de le porter
à lui seul; quelquefois il était pris de l'i-
dée de tout avouer à sa mère et de lui dire :
J'aime, avec un tel accent que la comtesse
le consolerait au lieu de chercher à briser

sa passion : mais il sentait que la comtesse
ne pouvait entendre cette confidence, et il
courait après son cousin, à qui il aurait
voulu parler de Louise toute la journée.

Il y avait chez Jonquières un fonds de
bon sens et de scepticisme qui désolait Julien, et il comprenait lui-même qu'il était
fatigant d'entretenir son ami pendant plu-
sieurs heures de mille détails toujours
semblables à ceux de la veille.

Aussi madame Chappe recueillit-elle les
bénéfices du trouble où se trouvait Julien ;
pour mieux jouer son rôle, elle feignit
d'abord de donner des conseils au comte,
et lui fit un tableau un peu chargé des
souffrances qui l'attendaient ; mais le
comte, ainsi que tous les amoureux, en-

trait armé de sa passion, et tous les obsta-
cles, loin de l'arrêter, ne faisaient que redoubler son amour.

S'il lui restait un fonds de mélancolie,
c'est que bientôt l'avoué et sa femme
allaient s'en retourner à Molinchart; désormais il était reçu dans la maison, mais
il ne lui était pas permis, par égard pour
la réputation de la jeune femme, d'aller la
voir aussi souvent qu'il voudrait.

Et encore comment la verrait-il et comment pourrait-il lui parler, en présence de
son mari, de sa femme de chambre? madame Chappe témoigna une vive pitié pour
ces jeunes gens si malheureux, dit-elle;
et elle aborda alors les questions positives.

— Cette jeune dame m'intéresse beaucoup, dit-elle; si elle voulait, je ne demanderais pas mieux que de lui être utile. Elle
pourrait venir voir de temps en temps
notre chère Elisa à la pension, et vous,
monsieur, vous arriveriez également ces
jours-là.

— Oh! madame, s'écria Julien, que
vous êtes bonne... Il n'y a que les femmes
pour vous témoigner une aussi grande
sympathie... Comment saurais-je m'ac-
quitter jamais de ce service?...

— N'est-ce pas tout naturel? dit madame
Chappe. Et même, si vous avez besoin de
lui écrire, il vous sera facile d'écrire à
mon adresse sous enveloppe; je pourrai

plus qu'une autre lui faire passer vos lettres.

Julien avait pris la main de la maîtresse de pension et il l'eût embrassée dans le moment.

— Louise ne consentira pas, dit-il. Je serais perdu si elle savait que j'ai parlé de mon amour.

— De votre amour, vous en avez le droit, dit la maîtresse de pension, mais du sien, vous ne m'en avez pas dit un mot.

— C'est que j'ignore si elle m'aime réellement. Un jour détruit l'autre ; je ne sais jamais si je la retrouverai le lendemain telle que je l'ai vue la veille.

— Elle vous aime, dit madame Chappe, j'en suis sûre... Laissez-moi faire ; je saurai l'amener à vous avouer son amour : une femme peut beaucoup dans les combats intérieurs tels que ceux auxquels est en proie madame Creton.

Le comte était tellement amoureux qu'il en perdait la connaissance des choses extérieures.

La maîtresse de pension, qui, à tout autre moment, lui eût semblé d'une physionomie dangereuse, lui parut un ange de bonté.

Avant de partir, madame Chappe fit ses compliments à la comtesse, et dit qu'elle était on ne peut plus heureuse d'avoir ren-

contré la femme de l'avoué ; sans doute,
ajouta-t-elle, madame Creton viendra
quelquefois rendre visite à notre chère
Elisa.

Louise, qui ne soupçonnait pas les des-
seins de la maîtresse de pension, accepta
la mission de surveiller la petite fille et
d'en donner plus souvent des nouvelles à
la comtesse.

Madame Chappe avait tellement montré
d'adresse pendant sa courte visite, qu'il
n'y eut qu'une voix sur son compte quand
elle fut partit : elle avait séduit tout le
monde.

Quelques jours après, M. Creton du Coche annonça son départ prochain, car il

devait aller avec M. Bonneau faire une
tournée archéologique qui le mettrait en
rapport avec les personnages les plus savants de la province, et au bout d'un mois,
ses excursions archéologiques seraient
assez complètes pour former un gros dossier qu'il voulait faire passer au savant
Larochelle, de Paris.

Quand arriva le jour de la séparation,
Louise était la plus affectée ; elle avait
échappé à l'amour du comte, mais elle
laissait à Vorges une grande partie de son
bonheur, et tout en permettant à Julien
de venir lui rendre visite à Molinchart,
elle s'en allait le cœur triste et désolé.

VI

Le cirque Loyal.

Il n'y avait pas deux jours que Louise
était partie, que Julien se mourait d'ennui ; l'hiver eût remplacé l'automne en une
nuit, que la campagne ne lui eût pas paru
plus désolée.

Sa mère, sa sœur, son cousin même le blessaient par leur présence : il aurait voulu une solitude complète, et, dès le lendemain, la solitude lui pesait plus que la société.

Il était devenu inquiet et irritable à l'excès, tantôt se promenant sans but, puis quittant brusquement la promenade pour rentrer dans sa chambre, où il marchait à grands pas, se jetait sur un fauteuil, reprenait du mouvement et tombait sur son lit sans pouvoir trouver de repos à son agitation intérieure.

Quand il avait ordonné de seller son cheval, il le faisait desseller aussitôt, et cela avec une telle brutalité dans la voix, que Jacques obéissait immédiatement ,

craignant une fureur dont il ne se rendait
pas compte, mais qui se lisait clairement
sur la figure de son maître.

Deux minutes après, Julien sentait qu'il
avait le caractère aigri, et tâchait d'adou-
cir par des paroles douces, la dureté de ses
ordres. Ou bien il prenait le chemin de
Molinchart et revenait tristement, car la
raison l'avait arrêté en route et lui démon-
trait qu'il n'était pas convenable de reparaître si vite chez l'avoué.

S'il eût cru que madame Chappe fût de
retour à la ville, le comte serait aussitôt
parti; mais la maîtresse de pension faisait
une tournée de quinze jours dans les environs, et il était inutile de songer à la
revoir pour le moment.

Tant que Louise avait été à Vorges, le
comte ne songea pas qu'elle devait partir
un jour; aussi son cœur fut-il pris d'un
vide immense après le départ de la jeune
femme de l'avoué.

Le séjour d'un mois de Louise avait dé-
montré à Julien la force de son attachement; il n'avait pas mieux demandé que
de colorer du nom d'amitié la passion qu'il
ressentait; mais maintenant qu'il pouvait
sonder à fond le creux de son amour, il se
repentait d'avoir provoqué la visite de
M. Creton du Coche.

Ses regrets étaient beaucoup plus vifs
que par le passé, son chagrin plus cuisant
que si Louise était restée à Molinchart.

Par moment, le comte aurait donné sa
fortune pour se débarrasser de cet amour
qui l'enveloppait comme une flamme ; il
songeait à cette précieuse liberté que peu
d'hommes savent conserver dans la vie et
qui les maintient dans une humeur égale.

Le comte sentait sa maladie et les dé-
sordres qu'elle apportait ; il ne s'apparte-
nait plus : il lui était impossible de songer
à un autre pays qu'à la ville où demeurait
celle qu'il aimait.

Tout lui rappelait Louise ; elle s'était
assise sous tel arbre, elle s'était promenée
sur ce gazon ; à table elle avait cette place;
elle avait dormi dans cette chambre : cependant il lui en coûtait beaucoup de res-

ter au château, où chaque objet lui retra-
çait l'image de Louise.

Une nuit qu'il sentait devoir se passer
plus agitée que de coutume, car de jour en
jour ses tourments augmentaient, le comte
n'y tint plus et se leva comme deux heures
du matin sonnaient.

Ayant ouvert la porte de l'écurie avec
précaution, de peur que la comtesse ne
l'entendît, il sauta sur son cheval et s'en-
fuit à travers la campagne, sans s'inquiéter des mouvements désordonnés du cheval, peu habitué à une pareille course, et
qui semblait comprendre par son ardeur
les inquiétudes de son cavalier.

Le comte arriva à la principale porte de

Molinchart, et jura contre le guichetier qui, en entendant frapper à une heure indue, se croyait le jouet d'un rêve.

Une pièce de monnaie que fit passer le comte par les barreaux de la porte, donna quelque empressement au concierge, qui cessa immédiatement de parlementer aussitôt qu'il eut reconnu, au poids de la pièce, que le cavalier qui attendait ne pouvait être qu'un personnage riche et distingué.

Une petite ville de province est complément morte la nuit; le silence y est immense. Dans la famille des êtres vivants, à peine y rencontre-t-on un chat qui fuit comme une flèche, mécontent d'être troublé dans sa solitude. Il n'y a pas de sentinelles, et la ville est sous la garde du sommeil.

Le comte fut d'autant plus frappé de ce calme, qu'il venait de traverser une lieue de campagne, où le vent fait parler les arbres, où la nature affecte, la nuit, des formes humaines colossales.

Julien, malgré l'ardeur qui le poussait, arrêta son cheval et le força d'aller au pas le plus lent, car le galop d'un cheval, la nuit, dans une petite ville endormie, semble le tapage d'une cavalerie ennemie qui surprend un camp, et Julien craignait le scandale que produirait chez les provinciaux, le lendemain, l'arrivée à cheval d'un étranger.

Il réfléchit et enfila une petite ruelle

qui donne sur les remparts, là où les cor-
diers ont l'habitude de tisser leurs cordes.
Ayant avisé deux poteaux qui servent au
métier des ouvriers, il y attacha son cheval par la bride, et lui ayant flatté le mu-
seau pour lui faire comprendre qu'il restât tranquille, il suivit un chemin dé-
tourné qui sert d'enceinte à la ville et arriva à la place du Marché sans avoir été
remarqué d'âme qui vive. Là était la maison de M. Creton du Coche, une maison à
deux étages, tranquille comme toutes les
maisons voisines.

Au premier étage il y avait une fenêtre
où se mariaient des rideaux de mousseline
rose et blanche; la pleine lune, qui tombait sur la place, permettait de les distinguer.

Le comte, abrité sous l'auvent d'un bi-
joutier, resta une partie de la nuit en contemplation devant les rideaux, appliquant
sa pensée avec une telle force qu'il lui
semblait qu'elle devait traverser l'espace,
les murs de la maison, et aller réveiller
Louise.

Ceux qui aiment réellement ne doutent
pas du courant magnétique qui fait que la
pensée de l'un se transmet à l'autre avec
plus de rapidité que la correspondance par
la voie électrique.

En ce moment un gros nuage passait
sur la lune et une nuit complète enveloppait les maisons. Julien entendit le grincement d'une espagnolette qui le fit tres-
saillir des pieds à la tête ; le bruit venait

de la maison de l'avoué, et le comte crut
qu'il deviendrait fou de bonheur, tant il
avait été ému du grincement de la fenètre;
mais peu après se fit entendre un *hum!*
hum! sonore, un toussement masculin
dont il ne pouvait méconnaître le son et
qui provenait du gosier de M. Creton du
Coche.

Sans doute l'avoué interrogeait les nuages suivant sa manie, car à la campagne
il avait pris l'habitude de se lever à toutes
les heures de la nuit et de consulter ses
instruments astronomiques.

En entendant ce bruit, l'idée du *mari*
traversa le cœur de l'amoureux comme
une flèche aiguë : c'est dans ces moments

que l'idée d'un crime se présente avec son
amertume consolante.

Pendant un quart d'heure, le comte resta
immobile et cloué sous l'auvent de la bou-
tique, en proie à de cruelles pensées; il
n'entendait plus rien et ne pouvait distinguer ce qui se passait à la fenêtre d'en
face.

Tout d'un coup il tressaillit, car la lune
apparut sous un nuage noir opaque qui la
couvrait, et donna une clarté trouble qui,
heuseusement, ne permettait pas encore
de reconnaître les formes des objets.

Julien était dans une vive inquiétude,
car il présuma que l'avoué attendait le retour de la lune pour se livrer à ses obser-

vations, et il ne pouvait manquer d'être
découvert.

Que dire dans cette singulière situation
de vagabondage où l'avait entraîné l'a-
mour? Comment expliquer sa présence,
la nuit, dans une petite ville où il n'avait
rien à faire?

Le comte chercha à fuir en suivant la
ligne de maisons qui donnent sur la
grande place; mais, dans son trouble, il
se heurta contre un grand bâtiment rond,
en planches, qui sortait tout à coup de
l'alignement; il poussa un cri.

En même temps la lune se montra dans
son plein, et répandit une vive clarté; en
entendant un cri, M. Creton du Coche

avait dirigé sa lunette dans la direction,
et il ne put s'empêcher d'y répondre par
un autre cri de surprise.

— Est-ce bien vous, mon cher comte?
lui dit-il par la fenêtre.

Le comte mit un doigt sur ses lèvres
pour faire comprendre à l'avoué qu'il s'a-
gissait d'un secret.

Julien et M. Creton du Coche semblaient
aussi étonnés l'un que l'autre; le jeune
homme, stupéfait d'avoir été remarqué à
cause d'un obstacle qu'il ne soupçonnait
pas, le grand bâtiment rond qui n'existait
pas un mois auparavant et qui rompait
brusquement la ligne droite des maisons;
l'avoué, à sa fenêtre, renversé par le mys-

tère dans lequel semblait s'envelopper le comte. Julien prit tout à coup un parti et s'avança sous la fenêtre de M. Creton.

— Demain, lui dit-il, à huit heures, à la Tête-Noire, je vous prie ; il s'agit d'une affaire très grave.

L'avoué fit un signe de tête.

— Surtout, ne parlez de rien, dit Julien; je me sauve.

Avant d'avoir entendu la réponse, il disparut du côté du grand bâtiment qui lui avait été si fatal. Après l'avoir suivi des yeux, M. Creton ferma sa fenêtre.

Julien fut obligé de faire le tour du bâ-

timent en planches afin d'aller chercher
son cheval qu'il avait laissé sur les remparts ; ce fut alors seulement qu'il s'aperçut qu'un cirque nomade avait dressé sa
tente sur la place de Molinchart : et comme
il faisait assez clair pour lire une grande
affiche jaune qui était collée près de la
porte d'entrée, il reconnut que ce cirque
était celui de la famille Loyal qui parcou-
rait les provinces. Le nom de *mademoiselle
Carolina* était en immenses caractères et
prenait à lui seul un grand tiers de l'affiche.

Le comte sourit un moment, reprit un
air gai, et s'en alla détacher son cheval
sans employer les mêmes précautions
qu'en arrivant. Quoiqu'il ne fût que quatre

heures du matin, et que son arrivée dans
Molinchart fût aussi intempestive à cette
heure qu'au commencement de la nuit, il
semblait prendre plaisir à réveiller la ville.

Il traversa les rues au trot, et frappa à
la porte de l'hôtel de la *Tête-Noire* avec une
telle force qu'il dut troubler le sommeil
des habitants de la place du Marché.

Julien, s'étant jeté sur son lit, aurait
dormi avec la plus grande tranquillité jusqu'à midi si l'avoué ne fût arrivé à l'heure
dite.

— Que faisiez-vous donc, mon cher
comte, cette nuit, à deux heures du matin?

Julien ouvrit la fenêtre qui donne sur la
place, et montra le cirque à l'avoué.

M. Creton fit une grimace qui indiquait
qu'il ne comprenait rien à l'affaire.

— Faut-il tout vous dire? demanda le
comte.

— Oui, dit l'avoué.

— Serez-vous indulgent?

— Certainement, mon cher comte.

— Eh bien, je suis amoureux...

— Je m'en doutais, dit M. Creton...

— Amoureux fou.

— Comme ça vous prend, dit l'avoué;
vous paraissiez si tranquille à la campagne.

— Mais je ne savais pas qu'il y avait un cirque à Molinchart ; j'ai vu l'annonce dans le journal, et je retrouve une écuyère que j'ai adorée à Paris.

— Une écuyère ! s'écria l'avoué, plus étonné que s'il avait reçu un coup de cravache dans la figure.

— La Carolina, monsieur du Coche, une créature qui m'a déjà fait faire bien des folies... Ah ! je suis bien faible !

— Comme tous les hommes, dit l'avoué avec philosophie.

— J'ai souffert le martyre avec cette créature, il y a deux ans ; je l'avais presque oubliée, eh bien ! rien que son nom m'a remué violemment, à tel point que je ne pourrai plus vivre à Vorges.

— Mais, dit l'avoué, comment se fait-il que vous vous trouviez sur la place à deux heures du matin?

— Parce qu'on m'a dit qu'elle demeurait chez M. Jajeot l'épicier.

— Je comprends, dit l'avoué.

— Elle est mariée, dit-on, à un des écuyers, et je ne sais ce qui me passait dans la tête, j'espérais la voir à sa fenêtre. Je ne voudrais pas provoquer la jalousie du mari.

— Attendez un peu, dit M. Creton... je

vous serai utile. De mon étude, vous pour-
rez communiquer avec les fenêtres du derrière de l'épicier; et pendant que l'écuyer
sera à son cirque dans la journée, vous
ferez la cour à votre belle. Cela me rap-
pellera mon jeune temps.

Julien, en ce moment, se sentit pris de
pitié pour le mari et il eut honte de la comédie qu'il jouait; mais ce sentiment
passa vite. Il était entré dans une voie de
mensonges qu'il ne pouvait plus quitter
qu'en s'en tirant par d'autres mensonges.

— J'ai dressé une espèce de plan, dit-il,
et je vais vous le soumettre. Vous me pa-
raissez un homme de bon conseil en ces
matières.

— Voyons, dit l'avoué.

— Je crois qu'il ne serait pas imprudent de prendre des leçons de voltige et de me lier avec tous ces écuyers afin de connaître la véritable situation de Carolina ; peut-être n'est-elle pas mariée, comme on le dit; il est à présumer qu'elle vit avec un des écuyers de la troupe, ainsi que cela se pratique entre comédiens.

— Bravo! s'écria M. Creton du Coche, cela commence à m'intéresser vivement; mais prenez garde, ces gens qui fréquentent les chevaux doivent être d'une brutalité...

— Je ne crains rien; d'ailleurs, ne suis-je pas en droit de me plaindre? j'ai aimé

la Carolina le premier, c'est cet écuyer
qui est dans son tort.

— Vous êtes bien heureux si vous par-
venez à vos fins, mon cher comte ; une
écuyère doit être une créature à part ; je
regrette maintenant de ne pas avoir aimé
d'écuyères. Tenez, quand elles passent au
galop sur leurs chevaux, cette musique,
cette ceinture de gaze, tout cela me fait
de l'effet.

— Ah! ah! monsieur Creton, je ne veux
pas vous parler plus longtemps d'écuyère,
vous vous enflammez trop vivement.

— J'ai eu mon temps comme le vôtre,
et j'en ai connu qui étaient aussi aventu-
reuses que votre écuyère.

Là—dessus le comte fut obligé de subir le récit des aventures de jeunesse de l'avoué, que celui-ci racontait avec complaisance, ne se doutant guère qu'on ne l'écoutait pas, car le comte se trouvait dans une fausse position, et réfléchissait au moyen d'en sortir. La Carolina du Cirque n'était pas la Carolina qu'il avait tant aimée jadis, mais il était nécessaire de paraître la connaître, pour que l'avoué ne devinât pas qu'il avait été dupe la nuit précédente. Jusque-là l'aventure avait bien tourné, et M. Creton était venu sans l'ombre d'un soupçon.

— Nous irons au Cirque le soir, dit l'avoué ; vous ne m'écoutez plus, vous songez à l'objet de vos pensées: malgré vos

amours, j'espère que vous viendrez dîner
à la maison ?

— Comme il vous plaira, dit le comte ;
mais d'ici à ce soir à peine aurai-je eu le
temps de dresser mes batteries ; je ne voudrais pas me faire remarquer de la Carolina pendant ses exercices ; il est bon que
je la voie dans la journée.

— Vous avez tout le temps, cher comte.

— Il est possible que la Carolina ne
veuille pas me reconnaître dès l'abord, si
elle aime réellement son écuyer !

— Bah ! dit l'avoué, elle vous reviendra.

— Alors, permettez-moi de vous quitter ;
je m'en vais rôder du côté du Cirque.

— A cinq heures précises, s'il vous plaît,
dit l'avoué qui s'en alla l'esprit joyeux de
cette intrigue, et qui entra chez l'épicier
Jajcot avec lequel il causa quelques ins-
tants.

— Et ma femme, dit-il à la bonne, où
est-elle ?

— Monsieur, elle s'habille.

— Comment, le déjeûner n'est pas encore prêt... Dites-lui donc de descendre
bien vite.

L'avoué se promenait à grands pas dans
la chambre en souriant comme s'il eût
pensé à une bonne fortune personnelle.
Puis il se mit à rire aux éclats d'une idée

qui venait de lui traverser le cerveau, et
quand Louise entra, il changea immédiatement de physionomie et prit un air
grave.

— Vous êtes bien longue aujourd'hui à
votre toilette, madame, lui dit-il.

— J'ai passé, dit Louise, une nuit sans
sommeil.

— Ah! dit l'avoué, il paraît que personne ne dormait... moi non plus, je ne
dormais pas; j'ai ouvert ma fenêtre vers
trois heures du matin, il y avait encore
dans la rue un troisième personnage qui
ne dormait pas, qui veillait même en face
de notre maison, une personne que vous
connaissez bien.

Louise pâlit légèrement, car l'idée du comte de Vorges se présenta à son esprit.

— Je ne vous comprends pas, monsieur.

— Savez-vous qu'il est fort heureux que cette personne n'ait été remarquée que par moi? les mauvaises langues en eussent fait immédiatement un amoureux.

— Mon Dieu, monsieur, vous étiez si pressé de déjeûner tout à l'heure...

— C'était un amoureux, en effet, dit M. Creton jouant le drame. Le comte Julien de Vorges est dangereux, madame...

Louise n'osait plus lever les yeux et fei-

gnait de découper de la viande avec beaucoup de mal.

— Bien d'autres à ma place, continua
l'avoué, le prieraient de ne plus continuer
ses visites ; moi , je l'ai invité à dîner ce
soir.

Et il termina sa petite comédie par un
énorme éclat de rire qui troubla Louise
autant que si son mari était entré dans une
violente colère. Il n'y avait pas à en douter, M. Creton savait tout; Julien avait
commis la nuit quelque imprudence ; mais
comment expliquer cet éclat de rire qui
couronnait le récit de l'avoué ? En une minute Louise passa par tous les degrés de
trouble et de tourmente , elle n'osait placer

un mot, et sentait que son silence la con-
damnait.

— Ne vas-tu pas croire que le comte
fait le pied de grue la nuit pour toi! dit
l'avoué.

— Vos plaisanteries sont au moins dé-
placées, monsieur, dit Louise, et si vous
n'avez pas d'autres discours à me tenir...

— Allons, te voilà blessée! Ecoute, ma
femme, ce que ce fou de Julien faisait la
nuit dernière sur la place. Il a une passion
violente pour la Carolina.

— La Carolina! s'écria Louise, à qui Julien avait en effet raconté les souffrances
de son premier amour.

— Elle est ici, dit l'avoué.

— Cette femme! dit Louise, qui sentit un nuage lui passer sur les yeux.

— La Carolina, continua l'avoué, est écuyère dans la troupe des Loyal, qui est arrivée pendant notre absence.

En un clin-d'œil, les serpents de la jalousie mordirent le cœur de Louise, qui fut plus émue qu'elle ne l'avait été en entendant son mari raconter l'arrivée de Julien.

— Ah! dit-elle le plus froidement possible; mais sa voix était changée. On eût dit des cordes de violon mouillées par des larmes et ne résonnant plus sous l'archet.

L'avoué ne fit aucune attention à ce singulier timbre de voix.

— Oui, le comte était en contemplation cette nuit devant les fenêtres de sa belle, en véritable amoureux des temps passés. La Carolina demeure chez Jageot l'épicier ; j'avais promis à Julien de lui prêter mon étude pour se mettre en observation et pouvoir faire la conversation tranquillement avec sa belle.

— Vraiment, monsieur, dit Louise, plus je vis avec vous, moins je vous comprends. Est-il convenable qu'un homme de votre âge favorise une intrigue dans sa maison !

— N'aie pas peur, j'ai parlé tout à

l'heure à Jageot; la Carolina ne demeure
pas chez lui, on avait trompé Julien.
Comme l'épicier loge souvent des comédiens, on crut que, naturellement, les
écuyers choisiraient sa maison, qui est
près du cirque... Je suis curieux de voir
cette Carolina; mais nous la verrons ce
soir...

— Comment, dit Louise, vous pensez
m'emmener au cirque?

— Non, dit l'avoué, tu dérangerais tout,
et cela ne serait pas raisonnable. Il y aura
peut-être une surprise si Julien ne la voit
pas dans la journée; elle peut le reconnaître, le regarder pendant qu'elle fait ses
exercices, et nécessairement, tu ne peux
pas être présente à cette reconnaissance.

— Je ne tiens pas, dit Louise avec un dédain affecté, à voir cette fille.

— Elle doit être fort belle ; ce cher Julien a bon goût, et ne se serait pas amouraché d'une souillon. C'est une passion, une vraie passion ; car après trois ans on ne pense plus guère à ces sortes de créatures. Eh bien ! il paraît qu'en voyant son nom dans le journal, il n'a pas pu tenir à Vorges, il est arrivé cette nuit à cheval pour revoir plus vite cette Carolina... Dans ce moment, il est à sa recherche... Ah ! j'oubliais le plus important : Julien m'a recommandé le secret le plus absolu ; ainsi, à dîner, ne fais pas la moindre allusion à cette Carolina. Il en parlera sans doute le premier ;

mais je serais désolé qu'il sût que je t'ai
confié cette intrigue.

Pendant ce temps, Julien était allé au
cirque à l'heure même de la répétition.

Toute la troupe était réunie : le comte
remarqua la Carolina, une grande fille
blonde d'une physionomie singulière, en
ce sens que des sourcils épais et plus foncés
que les cheveux, se rejoignaient et for-
maient au-dessus de ses yeux gris des es-
pèces d'ailes d'oiseaux. Il n'y avait avec
elle, parmi le personnel féminin, qu'une
grosse femme, madame Formose, d'un
embonpoint majestueux, qui paraissait
être la directrice de la troupe et la mère
d'une petite fille de dix ans, en ce moment
occupée à faire la voltige sur un vieux

cheval maigre. Les hommes, en majorité,
étaient occupés les uns à tasser le sol du
cirque, les autres à reclouer les toiles que
le grand vent de la montagne enlevait ré-
gulièrement chaque nuit.

— Que désirez-vous? dit avec un accent d'écurie madame Formose, étonnée
de voir entrer un *bourgeois* pendant la répétition.

— Je monte un peu à cheval, madame,
et je désirerais prendre des leçons d'un de
vos écuyers, si vous le trouvez bon.

Madame Formose, que l'idée d'un gain
rendait plus humaine, montra de son fouet
la Carolina.

— Voilà, dit-elle, notre meilleure

écuyère, une élève de Franconi ; si elle
consent à vous donner des leçons je ne
demande pas mieux.

Le comte s'avança vers l'écuyère et lui
demanda si elle serait assez aimable pour
compléter son éducation de cavalier.

— Ça dépend, dit la grande fille en toi-
sant le comte des pieds à la tête : si vous
avez de mauvais principes, je n'ai pas de
patience, et il me sera impossible de vous
redresser. Tenez, dit-elle en lui montrant
la rosse qui portait l'enfant, essayez un
tour de cirque sur cet animal-là, je vous
rendrai réponse immédiatement.

— Pas sur ce cheval ; si vous permettez,

II   16

dit le comte, j'ai le mien à l'hôtel à deux
pas, et je vais le chercher.

— Pour un provincial, il n'est pas mal,
dit la Carolina à madame Formose ; mais
je vous avertis que s'il ne se tient pas
bien, je le renvoie à Cruker.

Cruker était le clown de la troupe ;
ayant moins de travail que les autres
écuyers, il donnait des leçons d'équitation
pendant les séjours de la troupe en province.

Peu après, Julien entra dans le cirque,
monté sur son cheval ; le soin avec lequel
était tenue la bête, sa pureté de race, don-
nèrent aussitôt aux écuyers une bonne
idée du talent d'équitation du comte.

— Faites-lui faire un tour au galop, dit
la Carolina.

Julien pressa légèrement les flancs de
son cheval et parcourut trois fois le cirque
avec une extrême rapidité.

— Je n'ai pas grand'chose à vous enseigner, monsieur, dit la Carolina ; vous
avez dû recevoir des leçons d'un bon
maître.

— J'ai pris des leçons de Baucher.

— Cela se voit bien ; on ne monte pas
de la sorte en province.

— Je voudrais, dit Julien, apprendre
un peu de voltige.

— Ceci n'est plus de l'équitation, dit la Carolina ; mais je ne demande pas mieux.

Le comte tira un portefeuille de sa poche, en sortit un billet de banque et l'offrit à la Carolina.

— Mademoiselle, lui dit-il, je désirerais prendre deux leçons par semaine, pendant un mois.

— Très bien, monsieur ; le reste regarde madame Formose.

Julien, ayant donné son billet de banque à la directrice du cirque, revint vers la Carolina.

— Permettez-moi, mademoiselle, de

vous offrir cette cravache, dont je n'aurai
plus besoin après vos leçons.

Et il lui remit dans les mains une élé-
gante cravache, dont la pomme avait été
ciselée exprès pour lui par Feuchères, un
artiste qui dépensa beaucoup de talent
dans ces objets de fantaisie.

— Vous êtes trop bon, monsieur, dit la
Carolina, vous ne savez pas si vous serez
content de mes leçons : je suis excessivement capricieuse.

— J'adore les femmes capricieuses, dit
Julien.

— Nous pouvons commencer à vous dé-
rouiller les jambes sur ce tremplin ; mais

il vaudrait mieux vous servir de nos chevaux, car ils ne bougent pas, étant habi-
tués, au lieu que votre jument peut s'effa-
roucher.

— Bah! dit Julien, elle me connaît et
elle ne s'étonnera de rien.

Ayant placé son cheval près du tremplin
et après l'avoir caressé légèrement, le
comte prit son élan en s'appuyant des
mains sur le dos de la jument et sautant
par-dessus avec une grande agilité.

— Eh bien, Cruker, qu'est-ce que tu dis
de ça? demanda madame Formose en s'a-
dressant à son clown, qui était resté immobile après avoir ri avec les écuyers des
débuts du bourgeois. Il y avait, en effet,

quelque étonnement à voir un jeune
homme, serré dans ses habits, parfaitement ganté, sauter avec toute la dextérité
d'un écuyer rompu à ce genre d'exercices.

— Avouez, monsieur, dit la Carolina,
que vous avez travaillé en public!

— Ce que j'ai fait n'est pas difficile ; seulement, j'ai appris assez de gymnastique
pour ne pas être embarrassé par un saut
de tremplin.

— Alors, que puis-je vous montrer? dit
la Carolina. Vous ne désirez pas sans doute
monter à cheval la tête en bas, les pieds
en l'air ; quand vous passerez dans des
cerceaux, vous n'en serez guère plus
avancé.

— Il y a beaucoup d'exercices que j'ignore, dit le comte, j'ai besoin d'assouplir mes membres, et je pense que vous serez assez bonne pour me diriger dans ces études.

Ayant pris sa première leçon, Julien s'en retourna par les promenades en attendant l'heure du dîner, car il n'osait se présenter immédiatement chez l'avoué. Chemin faisant il rencontra M. Bonneau, orné de son parapluie, qui prenait la mesure de la cathédrale.

— C'est monsieur Bonneau, s'écria le comte. Par quel hasard êtes-vous à Molinchart ?

— Je dîne chez M. Creton du Coche, et

je ne perds pas mon temps, comme vous voyez.

Le comte fit une légère grimace en apprenant qu'il aurait l'archéologue pour compagnon de table, mais il pensa qu'il y gagnerait, car il pourrait parler à Louise pendant les discussions des deux savants. Aussi se montra-t-il d'une grande complaisance pour M. Bonneau, et il subit avec un rare courage ses interminables discours sur sa manie favorite.

— Voyez cette belle cathédrale, s'écriait M. Bonneau, il y a une fissure à cette tour qui prend du haut et descend jusqu'en bas... la voyez-vous ?

— Non, dit Julien en s'appliquant et en clignant des yeux.

— Vous ne la voyez pas? Cela n'a rien
d'étonnant, elle n'existe pas.

— Alors...

— Permettez, monsieur le comte, en
montant ce matin en haut de la cathédrale,
j'ai fait envoler une nuée de corbeaux...
ils ont posé leur nid dans un trou du mur,
en commençant par gratter le ciment et à
déchausser une pierre ; puis un jour une
pierre est tombée sur un toit, c'étaient les
corbeaux qui faisaient leur nid et qui pré-
paraient la ruine de la tour. Ce trou a un
quart de parapluie de profondeur; oui, monsieur, un quart de ceci, s'écria l'archéologue en dressant en l'air le fameux para-

pluie. Les curieux passent devant ce trou et
ne voient rien, quand le monument péri-
clite ; tirez une ligne droite dans votre
imagination, monsieur le comte, du haut
de cette tour au bas de la montagne, une
longueur à peu près de trois mille parapluies ; vous trouverez juste au bas de la
montagne un grand trou d'où on extrait
tous les jours du sable... Les architectes
sont des ignorants, monsieur le comte.
Tous les jours un peu de sable enlevé,
et tous les jours le remue-ménage de ces
corbeaux, amènent une fissure au-dedans,
d'abord cachée, puis imperceptible, puis
visible, enfin le monument craque, et c'est
ainsi que nous avons des pleurs à répan-
dre sur le sort des chefs-d'œuvre de pierre
du moyen-âge... Regardez, voici les cor-

beaux qui rentrent dans leur nid, continuer leur œuvre de destruction...
Ah! monsieur le comte, si j'étais seulement conseiller municipal de Molinchart,
j'accorderais vingt francs par tête de corbeaux qu'on prendrait dans les tours de la
cathédrale, et sans être cruel, je les écra-
serais avec ce parapluie...

Si le comte n'eût fait remarquer à l'archéologue qu'il était l'heure de dîner,
M. Bonneau eût continué à verser des
larmes sur les monuments déchiquetés par
les corbeaux, la bande noire, qu'il traitait
avec plus de colère que les écrivains de la
fin de la Restauration n'en ont dépensée
contre les Auvergnats acheteurs de vieux
châteaux.

Tout en saluant la femme de l'avoué,
Julien fut surpris de la froideur avec laquelle elle le recevait. Il s'attendait à cette
douce familiarité qui régnait à la campagne, et tout préoccupé il chercha les causes
qui avaient refroidi Louise.

— Qu'avez-vous? lui dit-il pendant que
l'avoué causait avec M. Bonneau. Mais
Louise ne répondit pas et sortit comme si
elle n'avait pas entendu Julien.

Le comte se forgea toutes les raisons
qui pouvaient avoir changé la conduite de
la femme de l'avoué, et il ne se rendait pas
compte de la seule bonne.

Louise, froissée de la passion de Julien qui se réveillait pour la Carolina, ignorait que l'écuyère n'avait de commun que le nom avec l'ancienne maîtresse du comte, et tout en traitant Julien avec le dépit d'un amour blessé, elle affectait de paraître aussi calme et aussi indifférente que si elle l'eût vu pour la première fois.

Si Julien n'eût pas été autant amoureux, il aurait remarqué ces nuances délicates qui faisaient que Louise gardait ses sourires et ses inflexions de voix les plus douces pour M. Bonneau.

Le moyen, quoique grossier, échappa complétement au comte, qui maudissait

intérieurement la coquetterie des femmes,
en comparant ses relations des quinze
jours précédents avec Louise à ses manières polies et glacées d'aujourd'hui. Il
essaya de glisser son pied auprès de celui
de la femme de l'avoué, mais elle le retira
brusquement, et, à l'air de contrariété
peint sur sa figure, Julien n'osa plus recommencer ses avances.

Un moment, il s'efforça d'être gai et de
se mêler à la conversation de M. Bonneau
et de l'avoué ; mais il n'entendait pas ce
qu'ils disaient et ne comprenait rien à
leurs paroles.

Quand Julien regardait Louise, elle
abaissait aussitôt les yeux ; ne pouvant

obtenir pas même de réponse du regard,
le comte fut froissé violemment.

L'idée d'une vengeance cruelle se présenta à son esprit, et il essaya de faire
souffrir la femme de l'avoué autant qu'il
souffrait lui-même.

— Viendrez-vous avec nous au cirque ?
dit-il à M. Bonneau.

L'archéologue répondit que ces plaisirs
grossiers convenaient peu à un homme
qui avait voué sa vie aux recherches scientifiques.

— M. Creton du Coche y va bien, dit le
comte.

— M. Creton n'a pas à remplir une

mission aussi importante que la mienne...

Quoique cette phrase fît dresser l'oreille
à l'avoué, il se contint, car il avait ac-
cepté le patronage de M. Bonneau et devait, sur sa recommandation, être nommé
membre de la Société racinienne, qui se
fondait alors à Château-Thierry.

Julien prolongeait le plus qu'il pouvait
les dernières politesses de la conversation,
espérant qu'en le voyant partir Louise
changerait de conduite et lui rendrait dans
un coup d'œil les joies qu'il se promettait
dans cette entrevue; mais la femme de
l'avoué resta froide et indifférente et recommanda à ces messieurs « de beaucoup
s'amuser. »

Cette phrase banale était enveloppée de
nuances vocales épigrammatiques qui dé-
chirèrent le cœur du comte ; il sortit accablé de tristesse, et profita du court trajet
qui sépare la maison de l'avoué de l'endroit
où était plantée la tente du cirque, pour
ne pas dire un mot.

La salle était brillamment éclairée et les
rares spectateurs qui se tenaient sur les
gradins dévoraient des yeux un spectacle
sur lequel ils n'étaient pas blasés.

Julien regardait sans voir, il regardait
en dedans de lui deux portraits de la
même femme : l'une aimante et l'autre
froide ; l'une qui lui avait donné son amitié,
l'autre qui la lui retirait ; il cherchait la

cause de cette froideur subite, et ne l'expliquait que par le retour de Louise, qui,
en revenant à Molinchart, avait puisé dans
l'air de la ville un nouveau sentiment des
devoirs de ménage.

Il se fit tout à coup un grand tumulte
parmi les spectateurs du cirque, qui goû-
taient une scène comique imprévue. Une
bande de gamins avait crevé la toile avec
un couteau et s'était introduite économi-
quement dans le cirque en passant sous
les gradins. Le complot avait été découvert
par une dame qui, ayant cru remarquer
sous son banc des mouvements extraor-
dinaires, poussa des cris d'effroi. A ces cris
était accouru le clown Craker, qui mit un
terme à l'invasion en s'emparant d'une

demi-douzaine de ces galopins. Il les traîna plus morts que vifs dans le cirque en leur donnant le mouvement à grands coups de fouet.

Ces gamins, parcourant l'arène avec les signes de la terreur la plus violente, mettaient en gaîté les spectateurs, qui retrouvaient, dans les envahisseurs du cirque, la population la plus dangereuse pour les sonnettes de la ville.

Sur les gradins des secondes, une mère reconnut son fils et poussa des cris de désespoir en tendant les bras vers le clown, qui apportait dans cet exercice la froideur d'un donneur de knout, car il se sentait soutenu par les spectateurs.

L'avoué s'amusait trop à ce spectacle
pour remarquer l'état de Julien ; bientôt
d'ailleurs cet intermède improvisé fut terminé, et madame Formose, en costume
de bayadère, vint changer le cours des
émotions de la foule.

Sa poitrine énorme était tassée dans un
maillot couleur de chair, tout à fait provoquant pour les amateurs des beautés importantes. Une jupe en gaze ne servait
qu'à allumer la curiosité des yeux qui,
partant d'un large pied solidement assis
sur la selle, pouvaient se promener impu-
nément bien au-delà de la naissance du
genou.

Elle dansait sur un air d'opéra connu

arrangé expressément pour les chevaux,
et malgré ses formes positives, lançait encore la jambe dans l'espace avec une certaine agilité.

Madame Formose avait le calme souve-
rain des femmes qui ont été belles, et qui
ne se sentent pas vieillir en présence de
l'embonpoint, car la maigreur qui vient
avec les années est certainement, de ces
deux tempéraments si distincts, celui qui
éloigne le plus les adorateurs des femmes.

M. Creton du Coche était émerveillé de
la grosse madame Formose; on eût dit
qu'il fermait les yeux pour échapper à ce
spectacle provoquant; mais, au contraire,
il les faisait petits pour mieux voir.

— Une belle créature ! s'écria-t-il en regardant Julien, qui n'aurait pu dire si l'écuyère qui venait de faire les exercices était grasse ou maigre.

— Oui, dit le comte sans prendre garde à sa réponse.

— Quel âge lui donnez-vous à peu près ? demanda l'avoué.

— Je ne saurais trop vous dire.

— Elle doit aller dans les trente-cinq.

— Qui ? demanda Julien.

— Madame Formose, qui vient de danser.

— Elle a donc dansé ? dit le comte.

— Vous ne l'avez pas vue, s'écria l'a-
voué ; mais à quoi pensez-vous ?

— Madame Formose a cinquante ans.

— Cinquante ans, reprit M. Creton du
Coche blessé dans ses admirations. Voyons,
cher comte, à quoi pensez-vous? Vous avez
ce soir une si singulière physionomie que
je crois que nous ne nous entendons pas...
Ah ! c'est que mademoiselle Carolina tarde
bien à paraître.

— Bah ! la Carolina ! s'écria Julien.

— Vous ne l'aimez déjà plus ? dit l'avoué.

— Au contraire, monsieur Creton, dit

Julien, qui se rappela seulement alors le
thème de son roman, je l'adore, je l'ai vue
à la répétition ; elle est belle. Vous allez
la voir tout à l'heure.

— Parce que vous avez une passion
pour mademoiselle Carolina, dit l'avoué,
ce n'est pas une raison pour dénigrer les
autres femmes. Avouez que cette madame
Formose a dû être bien belle ?

— Oui, il y a trente-deux ans.

— Non, vous n'êtes pas juste, mon cher
comte ; eh bien ! je vous attends à votre
passion, quand elle viendra; je vous avertis
que j'épluche ses défauts.

— Cela vous est permis, dit Julien.

Pendant cette conversation, les exercices des écuyers continuaient. Enfin la
Carolina parut, et il se fit un certain silence dans le cirque. Beauté fière, blonde
et singulière, l'écuyère, quoique habillée
en amazone, forçait l'attention par ses
yeux impérieux et ses sourcils épais plan-
tés résolûment sur la racine du nez.

Devant cette salle aux trois quarts vide,
on pouvait supposer qu'elle faisait une
moue dédaigneuse, mais c'était son air
habituel ; et cependant cette moue était
un charme puissant quand elle disparais-
sait pour faire place à un sourire.

Il semblait qu'un léger brouillard s'en-
fuyait pour être remplacé par un rayon du

soleil. Quand elle passa devant le comte,
elle lui envoya un regard pour lui seul, un
de ces regards qui font la puissance des
femmes au théâtre.

Il faut être banquier épais, homme de
bourse, faiseur d'affaires, pour boire avec
délices ces regards intimes des actrices,
qui rendent bien au-delà les sommes qu'on
dépense pour elles, dans un simple coup
d'œil.

— C'est à moi ce regard, se dit avec
orgueil l'homme d'argent qui, dans sa
stalle d'orchestre, étalant son ventre luxu-
rieux comme celui d'un mandarin croit
que le spectacle se joue pour lui seul, que
les mots spirituels ont été inventés à son

intention, et qui a la bonne foi d'imaginer que, des deux mille spectateurs qui sont dans la salle, lui seul occupe l'imagination de l'actrice.

Cependant, dans cette même soirée où l'actrice a envoyé un regard à son banquier, elle en a une demi-douzaine dans le coin de l'œil qu'elle adresse à d'autres hommes d'argent, à son journaliste, à son auteur, et, pour couronner, à celui qui la bat.

Mais la Carolina n'avait pas été élevée à ces manières des théâtres parisiens; les écuries sont moins corruptrices que les coulisses; l'art de dresser un cheval n'amène pas aux câlineries de théâtre; les exercices violents tiennent le corps moins

en délicatesse que les couplets de vaude-
ville égrillards ; une écuyère ne ressemble
guère à une forte amoureuse de la Gaîté.

La Carolina souriait au comte de Vorges
parce que, dans cette population, il était le
seul digne de la comprendre , et elle le fit
si ouvertement que M. Creton du Coche
s'en aperçut.

— Cette femme-là vous aime encore,
lui dit-il, mais elle a l'œil cruel.

— Vous trouvez ?

— Certainement, c'est une maîtresse
femme, elle n'a pas le sourire gracieux
de madame Formose.

Pendant que la Carolina faisait exécuter

à son cheval mille caprices en apparence, mais qui étaient le résultat d'études très pénibles, M. Creton du Coche bâillait, ne soupçonnant pas ce qu'avait d'intéressant, pour un amateur, l'art avec lequel l'é- cuyère dirigeait son cheval et lui faisait exécuter les changements de pied.

Quand elle eut terminé, la Carolina sauta lestement à bas de son cheval, et salua l'assemblée de telle sorte qu'elle pa- rut ne s'adresser qu'au comte seulement, car elle s'était placée presque en face de lui.

Dans d'autres circonstances, Julien eût été enchanté de ces marques publiques que l'écuyère lui donnait ; il eût arrangé cette comédie avec la Carolina qu'elle

n'eût pas mieux réussi aux yeux de M. Creton du Coche ; mais qu'avait-il besoin
d'endormir les soupçons du mari, maintenant que Louise semblait lui avoir repris
son amitié ?

Retiré à l'hôtel de la Tête-Noire, le
comte se trouva seul et plus abandonné
qu'à la campagne. Il n'avait même plus
son confident Jonquières ; cependant, ne
voulant pas partir de Molinchart sans
avoir eu un entretien avec Louise, et craignant d'alarmer sa mère, que sa fuite avait
dû surprendre, il écrivit à son cousin de
venir le rejoindre, et il le chargeait de
prévenir la comtesse qu'une partie de
chasse le retiendrait quelque temps au
dehors.

VII

M. Bonneau perd son parapluie.

Quand M. Creton revint chez lui, il fut tout étonné de trouver sa femme veillant au coin du feu.

— M. Bonneau, lui dit-elle, est resté assez tard à causer. J'ai présumé que le

18

cirque allait fermer, alors je vous ai at-
tendu.

Louise n'attendait guère son mari, elle
attendait des nouvelles ; mais contre son
habitude, l'avoué se montra fort réservé,
et dit qu'il était fatigué et qu'il allait se
coucher.

Le mari avait l'imagination pleine du
souvenir de madame Formose, et il craignait de dissiper son enthousiasme en paroles.

Louise alluma une bougie, se leva pour
sortir et demanda, comme par une simple
curiosité de femme, des détails sur la représentation des écuyers.

— Demain, demain, dit le mari impatienté et trouvant sa femme singulièrement changée, car, d'ordinaire, elle ne prêtait pas grande attention à ses discours, tandis que lui aurait désiré qu'on s'intéressât vivement à ses récits ; au contraire, aujourd'hui il ne voulait rien dire, et sa femme se montrait très avide de nouvelles.

Pour la première fois de sa vie, Louise regretta de ne pouvoir faire parler son mari ; elle avait espéré qu'une conversation amènerait des détails sur la Carolina, cette femme dont elle était jalouse , et M. Creton du Coche restait muet, comme si Julien lui eût recommandé le plus profond silence.

Cette idée germa dans l'esprit de
Louise, qui passa la nuit à s'en labourer
le cœur.

Les amoureux se lancent souvent à fond
de train sur une idée sans se demander si
elle est fausse ou juste, et font jaillir de
cette idée plus d'arguments que n'en sau-
rait trop tirer un avocat.

Louise avait agencé dans son esprit les
faits suivants : Le comte a retrouvé son
ancienne maîtresse dont il croyait le souvenir éteint, et son amour l'a pris d'une
telle force qu'il est accouru la nuit après
avoir lu le nom de Carolina dans un journal. Il m'a aimée un moment de bonne
foi, ou plutôt il a cru m'aimer, mais l'ancien

amour qui sommeillait a crevé le léger
amour qui ne faisait que de naître et s'est
rallumé plus fort que par le passé.

Louise se disait que par un reste de gé-
nérosité, le comte avait empêché M. Creton d'en parler afin de ne pas paraître
abandonner si vite celle à qui, huit jours
auparavant, il tenait des discours passion-
nés.

Elle expliquait ainsi la conduite de Julien qui, pendant le dîner, lui avait montré quelque amitié, mais qui donnait encore ces marques d'affection légère afin
de ne pas paraître rompre brutalement.

Si l'idée du devoir se représentait à

l'esprit de la jeune femme, heureuse de ne
pas s'être abandonnée à l'amour du comte,
Louise se repentait presque à cette heure
de n'avoir pas à se repentir.

Peut-être Julien se fût-il montré plus
fidèle, peut-être le souvenir de la Carolina
eût-il été abandonné à jamais. Qui sait si
la froideur dont elle avait accablé le
comte ne l'avait pas poussé, par dépit, à
se jeter dans les bras de l'écuyère! Par
moments, Louise tressaillait dans son lit,
prise d'une fièvre jalouse ; elle voyait ensemble Julien et Carolina ; elle les entendait s'aimer. Cette idée qui s'était logée
dans son cerveau la faisait souffrir par
tout le corps comme un mal de dents.

Elle se leva, fit deux ou trois fois le

tour de sa chambre, et s'arrêta tout à
coup devant sa glace non par simple curiosité coquette, mais pour se rendre
compte du changement que son mal
intérieur avait apporté dans sa physionomie.

Alors seulement Louise s'aperçut que
ses beaux cheveux noirs étaient dénoués
et flottaient sur ses épaules ; dans le bourdonnement d'idées qui passaient dans sa
tête, elle avait jeté bas son petit bonnet,
son peigne, elle avait enfoncé ses ongles
sur son front comme un poète à la recherche d'une rime impossible.

— Louise! cria M. Creton du Coche en
frappant à la porte, ouvre-moi.

La femme de l'avoué, honteuse d' avo
été presque surprise dans cet état souffla
la bougie et vint se mettre au lit sans répondre.

— Louise ! cria l'avoué, ouvre-moi
donc.

Après un moment de silence, il reprit :

— Tu ne dors pas, je t'entends marcher
par la chambre depuis plus d'un quart
d'heure.

La femme de l'avoué s'était blottie sous
les couvertures, espérant échapper à la
voix de son mari.

— Que diable! dit-il, Louise, réponds-moi.

— Laissez-moi, monsieur, dit-elle, je suis souffrante.

— As-tu besoin de quelque chose? demanda l'avoué.

— Non, monsieur, je n'ai besoin que de repos.

Là-dessus, M. Creton du Coche redescendit l'escalier, un peu rafraîchi par la nuit des idées qui étaient venues l'assaillir à la suite de la représentation du crique!...

Depuis quelques années M. Creton fai-

sait lit à part ; et cette tentative fit fré-
mir Louise, qui craignait de la voir re-
nouveler.

Si le lendemain M. Creton avait pu voir
le lit de sa femme, il eût peut-être compris quelle nuit agitée Louise avait pas-
sée.

Malgré la mobilité des plis des draps et
des couvertures, un lit révèle les sentiments de ceux qui l'habitent. Les oreillers
étaient entassés les uns sur les autres et
indiquaient que Louise avait fait tous ses
efforts pour se tenir la tête droite et chas-
ser le sang qui affluait au cerveau. Les
draps, débordés de tous les côtés, mon-
traient assez l'inquiétude de la femme de

l'avoué qui s'était retournée plus qu'un
malade, sans trouver une position convenable.

En se levant, Louise eut honte de son
insomnie fiévreuse et jeta sur les draps
en désordre, son couvre-pieds, son édredon
et sa robe de chambre, afin de cacher les
troubles de la nuit. Elle s'étendit sur un
divan et resta longuement dans cette position horizontale, ne pensant plus, abattue,
ne dormant pas, mais ayant un vague sentiment de ses souffrances nocturnes. Elle
ne songea pas à se regarder dans la glace ;
à ce moment seulement elle eût pu cons-
tater les traces que la passion laisse en
quelques heures.

Comme elle était dans cet état d'abattement, elle entendit un coup de sonnette qu'elle écouta avec attention, sans se rendre compte d'abord du motif qui faisait que le timbre lui restait toujours vibrant dans l'oreille.

Peu après le coup de sonnette, des pas se firent entendre sur les dalles du corridor ; aussitôt Louise se leva et courut à sa porte pour s'assurer que le petit verrou était soigneusement tiré.

L'irritation névralgique donne à l'ouïe un sentiment d'une telle délicatesse de perception, que Louise avait reconnu le pas de Julien.

C'était lui en effet, qui, profitant de dix

heures sonnées, avait cru le moment venu de se présenter.

Son arrivée à Molinchart était connue, et en se levant, il reçut une assignation qui lui enjoignait de comparaître devant le tribunal dans la huitaine suivante, à la requête de l'épicier Jajeot. Julien avait oublié complétement son procès, et il lut l'assignation avec plus de joie que n'en fait naître d'ordinaire le papier timbré ; car cette affaire lui permettait d'entrer presqu'à toute heure chez M. Creton du Coche, son avoué.

Celui-ci était sorti ; Julien n'osait demander à parler à sa femme ; il suivit tristement la femme de chambre qui le conduisait à l'étude, au moment où Faglain

était occupé à manger des pommes de
terre en robe de chambre, qu'il avait fait
cuire dans le fourneau du poêle. Le maître
clerc, surpris, donna un coup de poing à
son repas, qui était étalé sur une feuille
de journal, et la joie que lui donnait la
vue d'un client lui fit oublier les délices
qu'il attendait de son plat de pommes de
terre. Faglain, malgré toute l'intelligence
dont l'avait doué son patron, parut comprendre difficilement l'affaire ; car Julien,
préoccupé du souvenir de Louise, s'expliquait mal.

Il ressortit de ce commencement d'instruction que Faglain en conférerait avec
l'avocat Grégoire, aussitôt qu'il aurait
terminé un travail important dont il se

vanta d'être chargé, et Julien s'en retourna , descendant lentement chaque
marche d'escalier en espérant que le
hasard lui ferait rencontrer la femme
de l'avoué ; mais Louise épiait les moindres mouvements de la maison, et se donnait de garde de sortir de sa chambre.

Cependant, quand elle entendit fermer
la porte de la rue, elle se précipita à la
fenêtre, et, à travers une fente de rideau,
étroite comme le trou d'une aiguille, elle
put suivre des yeux le comte qui traver-
sait la place.

Si Louise n'avait donné trop d'importance à ses réflexions, peut-être eût-elle
remarqué la démarche mal assurée de Ju-

lien qui avait l'air, suivant un mot popu-
laire, d'une âme en peine.

La petite maison de l'avoué, avec sa façade en pierres de taille, lui paraissait plus
odieuse qu'une forteresse, puisque avec
son extérieur si simple et si paisible, elle
l'empêchait de pénétrer auprès de celle
qu'il aimait.

Il revint à l'auberge et se mit à la fenêtre, ne s'inquiétant guère du va-et-vient
des passants. Il n'avait d'yeux que pour
une fenêtre aux rideaux roses et blancs,
et il ne se doutait pas qu'en ce moment
la femme de l'avoué suivait ses moindres
mouvements.

Louise remarqua combien Julien était

affecté et semblait en proie à la mélancolie, mais elle ne se rendait pas compte des
motifs de cette mélancolie ; et l'eût-elle
compris, que l'événement qui suivit l'aurait rejetée de plus en plus dans les tourments de la jalousie.

La Carolina vint à passer sur la place ;
elle aperçut Julien et lui fit un petit signe
de tête, auquel le comte répondit de la
main.

Pour échapper à l'ennui qui le minait,
Julien pensant que l'écuyère allait à la répétition, descendit en toute hâte et la re-
joignit avant qu'elle n'eût tourné l'angle
de la place. La Carolina familière avec
Julien, lui tendit la main et tous deux

s'éloignèrent dans la direction du cirque.

La femme de l'avoué qui avait tout vu,
put croire que l'écuyère avait fait signe au
comte de venir la trouver, et les petites
lueurs d'espérance, qui tremblotaient encore dans son esprit, s'éteignirent et ne
laissèrent qu'un noir désolant dans la vie
de Louise.

C'en était donc fait ; le comte avouait
hautement sa maîtresse, il s'affichait pu-
bliquement avec elle dans la ville. Il fallait un amour bien puissant pour qu'a-
vec son éducation, sa noblesse, Julien osât
se montrer en public dans Molinchart en
compagnie d'une écuyère. En ce moment

Louise regretta de n'avoir pas d'enfants, afin de se retrancher dans l'amour mater- nel et de s'y abriter contre les orages de la passion : à un autre homme que son mari elle eût pu tout avouer, lui dire ses combats intérieurs, ses souffrances ; mais il n'existait même pas assez d'amitié entre les deux époux pour que la femme pût se confier à son mari. M. Creton du Coche n'aurait rien compris à des tourments auxquels il était incapable d'apporter un remède.

Louise passa le reste de l'après-midi dans sa chambre, inquiète et tourmentée, ne trouvant de repos sur aucun meuble, se levant, s'asseyant, allant à la fenêtre, es- sayant de travailler ; mais l'ouvrage lui tombait des mains, et elle restait morne, les yeux grands ouverts, qui regardaient l'espace sans rien voir. Si sa femme de chambre ne l'eût pas appelée, elle aurait pu rester longtemps inoccupée, sans pensées et sans action. Il lui semblait que son cerveau était vide, et que cependant mille douleurs couraient comme de petits animaux aux pattes froides dans la boîte intérieure. Ses membres étaient brisés comme par une longue course. Alors, Louise se révolta contre elle-même et résolut de lutter contre sa passion avec plus d'énergie pour la défense que celle-ci n'en avait mise à s'emparer d'elle. Elle se regarda dans son miroir, trouva dans chacun de ses traits la griffe de souvenirs cruels, et se composa un visage avec autant d'art qu'une actrice met du rouge. Le sourire vint remplacer l'amertume sur ses lèvres ; et elle essaya un rire gracieux qui contrastait avec le ruban brun qui entourait ses paupières. Ses cheveux étaient en désordre, elle les redressa et y planta une rose qu'elle arracha violemment de la tige d'un pot de fleurs. Elle remplaça son peignoir sans taille, qui annonçait un certain affaisement, par une robe de couleur vive, et elle voulut que l'apparence trompât ceux qui ne l'étudieraient pas trop à fond.

A peine eût-elle donné quelques ordres à sa femme de chambre que Julien entra.

Une vive rougeur colora les joues de

Louise qui parut aussi indignée que surprise. Le comte avait la tête pleine de
questions ; mais la manière froide dont il
fut reçu, fit que ses paroles lui restèrent
dans le gosier.

Tous deux restaient depuis cinq minutes dans cette situation embarrassante,
lorsque Julien tira une lettre qu'il avait
écrite et la remit à Louise.

— Comment, monsieur, lui dit-elle,
vous osez encore!...

Elle déchira la lettre.

— Je sais, dit-elle, ce que vous m'écrivez ; il est inutile...

En ce moment on frappait à la porte de la rue.

— C'est mon mari, dit-elle. Veuillez, monsieur, je vous prie, ne plus me forcer à vous recevoir...

M. Creton du Coche entra avec une lettre à la main, l'air un peu effarouché.

— Ah ! mon cher comte, dit-il, quel accident ! M. Bonneau a perdu son parapluie... Tu n'as pas vu le parapluie, ma femme ?

— Je ne suis pas descendue de ma chambre de la journée.

— Alors il faut appeler la bonne... Julie, cria M. Creton du Coche, Julie !

La femme de chambre entra.

— Avez-vous trouvé le parapluie de M. Bonneau?

— Je n'ai pas vu de parapluie, dit-elle.

— Demandez-le à Faglain, cherchez, il faut absolument que ce parapluie se retrouve. Pensez, mon cher comte, combien M. Bonneau y tient; j'étais sur la place, je vois accourir à la porte un messager couvert de poussière; c'était un paysan de Vorges que M. Bonneau m'envoyait avec cette lettre que je n'ai pas eu le temps de lire; j'ai seulement vu dès les premières lignes, que M. Bonneau était dans l'affliction de la perte de son parapluie.

C'est que le messager attend, dit Julie
en rentrant; il dit qu'il y a une réponse.

— Voyons, dit M. Creton du Coche,
je peux vous lire cette lettre, elle montrera
le prix qu'attache M. Bonneau à ce parapluie.

« — Mon cher monsieur Creton du Coche, écrivait l'archéologue, si, par hasard,
quand vous recevrez ces simples lignes, il
pleuvait, veillez dans votre maison avec
le plus grand soin à ce que personne n'en
sorte avec un parapluie. Je suis certain
d'avoir laissé le mien chez vous, et vous
savez quelle perte immense la science aurait à regretter. Il est vert-de-mer, d'une

bonne longueur, le manche divisé en mesures égales. Une des baleines a percé la
toile, par suite d'un accident archéologique ; c'est une pierre qui s'est détachée
dernièrement d'un édifice et qui a porté à
faux sur la baleine... Hier encore, je me-
surais la cathédrale de Molinchart, et j'en
ai la preuve par la consignation sur mon
carnet des précieuses mesures que j'ai obtenues ; mais vous comprendrez combien
la société académique rémoise serait pri-
vée tout d'un coup par la disparition de ce
parapluie, qui sert de base à la constata-
tion précise de la grandeur de nos monuments.

» M. le comte de Vorges pourra vous
certifier qu'il m'a rencontré avec mon pa-

rapluie, que je l'ai accompagné chez vous,
où vous vouliez bien me recevoir à dîner,
et que, par conséquent, je l'ai laissé certainement dans votre demeure. Prenez
bien garde que la bonne ne s'en serve;
j'ai remarqué que ces meubles s'emprun-
tent avec une déplorable facilité et ne se
rendent jamais. S'il sortait de chez vous,
malheureusement, il passerait de mains
en mains, et je ne me sentirais plus le
courage de recommencer le travail de
toute ma vie... Vous comprenez que je
n'ai dans l'esprit qu'une idée approxima-
tive de la longueur de mon parapluie, et
que je ne trouverais jamais à le remplacer
avec certitude.

» Je m'en servais le moins que je pou-

vais pour m'appuyer, car j'aurais craint de
l'affaiser et de rendre ses mesures varia-
bles ; il était terminé par une tige de fer
longue d'un pouce et fort épaisse, afin que
le frottement des cailloux n'eût aucune
action sur ce métal. Je sais bien qu'il était
presque deux tiers de ma taille et qu'il
m'allait à peu près à la hauteur des fausses
côtes ; mais l'à peu près n'est pas une mesure archéologique. Si j'achetais un autre
parapluie et que je continuasse mes opérations, je serais obligé d'indiquer que le
monument mesuré renferme tant de nouveaux parapluies. Les académiciens de
Reims dresseront l'oreille et me demande-
ront compte de ce nouveau parapluie,
quels sont ses rapports positifs avec l'ancien ; c'est ce que je ne saurais définir

avec précision. Tout ce que j'ai mesuré
jusqu'à présent, deviendrait donc inutile... J'ai dû le poser en entrant dans
l'angle formé par la cheminée, je ne puis
me rappeler si c'était à gauche ou à droite.
Ordinairement j'en couvre le pommeau de
mon chapeau pour être plus assuré de
l'emporter en me couvrant... Madame
Creton, avec laquelle je suis resté après
notre discussion scientifique, pourra peut-
être vous donner quelques renseignements
plus positifs, car je ne comprends pas
comment j'ai pu l'oublier, ce serait la pre=
mière fois de ma vie. C'est surtout à vous,
mon cher monsieur Creton, que je confie
la tâche de veiller à ce que le parapluie se
retrouve, vous qui appréciez la valeur de
mes recherches. Si malheureusement le

parapluie était égaré je crois que je re-
noncerais pour la vie à l'archéologie.

» Votre tout dévoué et désolé serviteur,

» BONNEAU. »

— Effectivement, dit M. Creton, je
comprends l'inquiétude de M. Bonneau.

— Je n'ai pas remarqué, dit Louise, si
M. Bonneau était entré avec le parapluie.

— Ah! s'écria M. Creton du Coche,
j'avais oublié le *post-scriptum*, et il lut :

« Tout ce que j'ai écrit ci-dessus est

inutile. Réjouissez-vous, mon cher monsieur Creton, je viens de retrouver mon parapluie. »

La femme de chambre entra.

— Le messager, dit-elle, attend la réponse.

Malgré sa mélancolie, le comte ne put s'empêcher de sourire.

— Comment, dit M. Creton, il retrouve son parapluie avant d'envoyer sa lettre, et il fait partir, malgré cela, un messager ! Dites-lui qu'il fasse part à M. Bonneau de la joie que je partage à la nouvelle du parapluie si heureusement retrouvé.

En ce moment un garçon d'hôtel vint prévenir le comte de Vorges que son cousin venait d'arriver et l'attendait.

— Priez-le de venir ici, dit M. Creton du Coche.

— Je vous remercie, dit Julien, heureux de trouver une occasion de sortir après la rupture de Louise.

Il la salua froidement et n'accepta pas une nouvelle invitation à dîner que lui fit l'avoué.

Tant qu'il était resté en présence de Louise, Julien avait combattu pour ne rien laisser paraître de ses émotions, mais elles prirent le dessus aussitôt qu'il eût fermé la porte d'entrée. Il lui semblait qu'il fermait cette porte pour la dernière fois et que son cœur restait emprisonné dans une maison où il ne pouvait plus entrer.

Jonquières comprit la situation en revoyant son ami, car Julien, en lui donnant la main et en la pressant fortement, fit passer dans cette étreinte toutes ses souffrances accumulées.

— Elle ne veut plus me voir! sécria Julien.

Jonquières essaya de divers palliatifs, de divers calmants moraux qui, dans les grandes douleurs, n'ont guère plus d'action

11   20

que dans les grandes maladies ; mais Julien secouait tristement la tête.

— C'est une coquette, dit Jonquières qui essaya d'un moyen brutal, et le mieux que tu pourrais faire serait de revenir avec moi à Vorges ; sois certain que tu n'y serais pas de huit jours, qu'elle te rappellerait.

— Je ne le crois pas, dit Julien ; en supposant qu'elle ait le désir de me revoir, elle ne voudrait pas se compromettre en me faisant des avances, en m'invitant directement.

— Bah ! dit Jonquières, elle trouverait un moyen, elle te ferait écrire par son mari ; tu ne connais guère les femmes.

Elles trouvent mille biais là où un homme amoureux n'en verrait pas un.

— Malheureusement, dit Julien, je ne la crois point coquette, car il pourrait en arriver ainsi que tu dis, et j'aurais l'espérance de la revoir ; mais il se passe en elle quelque chose qui m'échappe depuis que je suis revenu à Molinchart. Quand elle est partie, elle me laissait croire à une amitié sans bornes qui n'était pas certainement de l'amour, mais qui me donnait à espérer pour l'avenir ; elle me permettait presque de lui parler de mon amour ; si elle n'y répondait pas, du moins ne s'en fâchait-elle pas. Aujourd'hui, c'est une personne froide, réservée, qui me traite comme si je l'avais insultée. Elle ne veu

pas m'entendre ; je lui écris, elle déchire
ma lettre en ma présence. Que faire, mon
ami ?

— Il faut attendre quelques jours, dit
Jonquières ; le procès que tu m'as dit commencer bientôt nous occupera un peu et
nous donne le droit de voir M. Creton ; ne
te désespère pas, ne faiblis pas, va dans la
maison comme de coutume. Un de ces matins, qui sait ! tu vas trouver la glace fon-
due ; ce ne sont que des nuages, et tu re-
trouveras une femme douce, aimante, telle
que je l'ai vue à la campagne. Il n'y a pas
besoin d'être savante en coquetterie pour
jouer la petite comédie que tu prends au
sérieux ; les femmes apportent ces facultés en naissant. Quoi de plus ennuyeux

qu'une femme qui aime trop, qui aime toujours, qui a l'humeur égale et qui vous
fatigue de ses caresses! La meilleure des
femmes le sent bien, et de temps en temps
elle pense qu'il est utile à ses intérêts de
paraître dédaigneuse des soins que lui
rend un homme. Elle se fait prier longtemps, et ce n'est qu'après des luttes infi-
nies qu'elle accorde une promesse, un
rien. On travaille à te rendre heureux.

— Heureux! s'écria Julien.

— Voudrais-tu qu'elle s'abandonnât,
qu'elle vînt te trouver en disant : Je vous
aime, me voilà. Au bout de huit jours tu
fuirais ce bonheur comme un enfer.

— Que je suis heureux de t'avoir, dit

Julien, je ne sais si tu dis vrai, mais tu as
trouvé le moyen de me rendre quelque es-
poir... J'étais dans des idées absurdes,
folles... Croirais-tu que je pensais à devenir amoureux de la Carolina, cette fille
qui me donne des leçons? Si tu n'étais pas
venu, j'allais tomber aux genoux de cette
créature en lui disant : « J'aime, sauvez-
moi ! » Je ne l'aime pas, je ne l'aurais
jamais aimée, mais j'aurais fermé les yeux,
j'aurais essayé de penser à Louise en par-
lant à la Carolina.

— Peut-être, finirais-tu, dit Jonquières,
par t'amouracher de l'écuyère, et ce n'est
pas ce que tu ferais de plus maladroit ;
vois, mon ami, où t'a déjà entraîné ta passion pour une femme mariée. Je te l'ai dit
au début.

Si tu avais pu connaître cette écuyère
dans le principe!... Une écuyère n'en-
gage à rien; tu l'aurais aimée pendant la
saison théâtrale, trois mois tout au plus ;
tu aurais eu quelque chagrin à son départ,
et puis ce beau caprice se serait envolé un
matin comme il était venu. Mais, j'y pense,
tu as sous la main une terrible machine de
guerre ; tu voulais devenir amoureux de
la Carolina par vengeance ; pourquoi ne
feindrais-tu pas pour elle une passion subite et tout à fait publique? Il faut que
toute la ville le sache, qu'on vous voie
passer ensemble dans les rues à cheval.
Jette-lui des bouquets en plein cirque ; cela
ne se sera jamais vu à Molinchart, on en
parlera, Louise finira par le connaître.
Si elle t'aime réellement, elle reviendra.

— Tout cela est en bon train par la faute de M. Creton, dit Julien.

Alors il raconta à Jonquières son escapade de nuit, comment il avait été surpris par l'avoué, et la fausse passion qu'il avait été obligé d'inventer pour la fausse Carolina.

— Le mari le sait? demanda Jonquières. Et tu lui as recommandé le silence? Ah! combien ces amoureux sont ignorants des choses de la vie! Comprends donc que son premier soin a été de raconter l'aventure à sa femme. C'est là seulement ce qui peut expliquer la froideur de ta Louise : elle est jalouse, et souffre plus que toi.

— Si c'était possible, dit Julien; mais

non. Elle aurait bien compris que son
mari me surprenant la nuit devant ses fenêtres, j'avais été obligé de tomber dans
une série de mensonges. D'ailleurs le premier était si visiblement faux, qu'un mari
seul a pu s'y laisser prendre ; la Carolina
ne demeure pas chez l'épicier Jajeot, et
j'ai tremblé, dans le premier moment, du
peu de réalité de mon invention.

— Une femme qui aime, dit Jonquières, devient quelquefois aussi crédule
qu'un mari. Elle a une foi robuste en toutes choses, de cette foi de Pierre Lhermite
prêchant la croisade ; mais, par la même
raison, aussitôt qu'elle entre en défiance,
elle y apporte la délicatesse d'un chat qui
dort, dont le moindre bruit fait ouvrir les

yeux. Dès le début, tu l'as mise en défiance ; elle n'a pas raisonné, j'en suis
certain, et s'est cramponnée au récit de
M. Creton comme si elle s'était attaché
une pierre au cou.

— Je souhaite que tu aies raison, dit le
comte. Tu dois avoir raison, car je me
sens à moitié guéri... Et comment ma
mère a-t-elle pris mon départ?

— Je soupçonnais bien un coup de tête,
dit Jonquières, et j'ai dit que, t'étant levé
très matin, tu n'avais pu lui dire adieu,
mais que tu m'avais prévenu la veille.

— J'ai un ami précieux, dit Julien en
serrant cordialement les mains de son
cousin, et j'ai rencontré une femme qui

m'a été bien dévouée, madame Chappe.

— Je ne l'aime pas beaucoup, dit Jonquières ; elle a une de ces figures sur lesquelles on lit au moins autant de mal que
de bien.

— Avoue que tu en es jaloux.

— Jaloux de madame Chappe ! s'écria
Jonquières.

— Je l'avais prise pour confidente à la
campagne, craignant de te fatiguer sans
cesse de mes récits… Ah ! si elle avait été
à Molinchart, je n'aurais pas tant souffert
depuis deux jours.

— Une femme certainement est meilleure conseillère qu'un homme en ces

matières, dit Jonquières, mais je me serais confié difficilement à madame Chappe.

— Elle avait tout deviné, je ne pouvais
guère nier : elle me sera d'un grand service. Pense qu'au premier refroidisse-
ment de Louise, j'aurais couru chez elle,
et je lui aurais dit : J'ai feint une passion
pour la Carolina, détrompez Louise.

— Est-ce qu'elle est acceptée comme
intermédiaire de côté et d'autre ?

— Non, Louise n'en sait rien.

— La situation me semble difficile, dit
Jonquières ; elle ne sera pas contente de
savoir son secret partagé. Prends garde
à la province, mon cher Julien ; tu as
vécu quelque temps à Paris, où personne

n'a le temps de s'inquiéter de son voisin, mais tu ne sais pas ce que c'est
que la province. Si tu rencontres cinquante personnes sur la promenade, ce
sont cinquante chimiste qui t'analysent
des pieds à la tête, qui commencent par
l'extérieur pour arriver à l'intérieur. D'a-
bord, ce seront tes habits qui subiront
l'examen, puis tes manières, ta figure, ta
voix, ta démarche; jusque-là, rien de plus
naturel. Mais les chimistes ne s'arrêteront
pas là; ils voudront savoir à quoi tu penses.

— Oh! s'écria Julien, je les en défie!

— Ils le sauront.

— Un de mes amis, dit Jonquières,

avait tellement peur de la province, qu'il
avait inventé une grimace provinciale ;
aussitôt qu'il passait la porte d'une petite
ville, il prenait sa grimace comme s'il
avait mis un faux nez afin de se dévisager.
Il n'y avait pas trois jours qu'il était en
province qu'on avait reconnu le mystère
qu'il répandait sur sa figure. Pour être sûr
de madame Chappe, il faudrait qu'elle fût
une effrontée coquine.

— Comment! s'écria Julien.

— Certainement, tu la tiendrais par
l'argent ; alors elle serait peut-être muette.

— Mais, mon ami, c'est une maîtresse
de pension.

— Je crains les maîtresses de pension qui ont des museaux pareils. Donne-lui de l'argent.

— C'est excessivement délicat, dit Julien.

— Je ne laisserais pas dix mille francs dans ma redingote, si madame Chappe la brossait, dit Jonquières.

FIN DU DEUXIÈME VOLUME.

TABLE

Des chapitres du deuxième volume.

—

Fin de la table du deuxième volume.

Fontainebleau, imprimerie de E. Jacquin.

Fontainebleau, imp. de E. JACQUIN.

www.ingramcontent.com/pod-product-compliance
Lightning Source LLC
Chambersburg PA
CBHW050205030726
47505CB00005B/1525